Heinrich Böll
伯尔短篇小说选

流浪人，
你若到斯巴……

Wanderer, kommst du
nach Spa…

[德]海因里希·伯尔 著

邱袁炜 等译

人民文学出版社
PEOPLE'S LITERATURE PUBLISHING HOUSE

著作权合同登记号　图字01-2020-5038

Heinrich Böll
WANDERER, KOMMST DU NACH SPA...
First published in 1950 © 2003 Verlag Kiepenheuer & Witsch GmbH &Co. KG, Cologne/Germany
Simplified Chinese translation copyright © People's Literature Publishing House, Beijing, 2022

图书在版编目(CIP)数据

流浪人,你若到斯巴……:伯尔短篇小说选/(德)海因里希·伯尔著;邱袁炜等译.—北京:人民文学出版社,2022
ISBN 978-7-02-016638-1

I.①流… II.①海…②邱… III.①短篇小说—小说集—德国—现代 IV.①I516.45

中国版本图书馆CIP数据核字(2020)第181145号

责任编辑　欧阳韬
责任印制　王重艺

出版发行　人民文学出版社
社　　址　北京市朝内大街166号
邮政编码　100705

印　　刷　北京盛通印刷股份有限公司
经　　销　全国新华书店等

字　　数　130千字
开　　本　787毫米×1092毫米　1/32
印　　张　6.5　插页1
印　　数　1—5000
版　　次　2022年1月北京第1版
印　　次　2022年1月第1次印刷

书　　号　978-7-02-016638-1
定　　价　59.00元

如有印装质量问题,请与本社图书销售中心调换。电话:010-65233595

目　录

在桥上……………………………………1
长发朋友…………………………………8
飞刀艺人…………………………………14
站起来，站起来吧………………………28
在敖德萨那时候…………………………31
流浪人，你若到斯巴……………………37
在裴多茨基喝酒…………………………50
我们的好勒妮，我们的老勒妮…………55
孩子也是平民……………………………64
游乐场……………………………………68
在桥边……………………………………73
告　别……………………………………76
消　息……………………………………80
在X城的停留……………………………86
与德吕恩的重逢…………………………98
取餐兵……………………………………110
在林荫道上重逢…………………………116

在黑暗中	126
我们扫帚匠	136
我的昂贵的腿	142
洛恩格林之死	146
生意就是生意	159
咬　钩	166
我的悲哀的面孔	177
献给玛利亚的蜡烛	185
译后记	200

在桥上

我要给您讲的故事其实完全没有内容,也许它根本算不上一个故事,但是我必须得讲给您听。这故事在十年前开了个头,几天前,它有了结尾……

就在几天前,我们乘火车驶过了那座桥,它以前既坚固又宽阔,它像诸多纪念碑上俾斯麦的胸脯一样坚硬,也和工作守则一样不可动摇;它横跨莱茵河,由很多个结实的桥墩支撑着,是一座宽阔的四轨桥,以前我每周都会有三次乘坐同一班火车过这座桥:周一、周三和周六。我那时候是帝国猎犬协会的一名职员;一个卑微的职位,相当于专门送文件的信差。我对狗当然是一无所知,我是个没什么文化的人。我们协会的总部设在柯尼希城,在格吕德海姆有一个分会,每周我要在这两个地方之间往返三次。我到那儿取紧急函件、钱和"未决案件"。案件材料装在一个黄色的大文件夹里。我从来不知道文件夹里装的什么,我不过是个信使罢了……

早上我从家里直奔火车站,坐八点的火车去格吕德海姆。车程要四十五分钟。那时候,每次过桥我都很害怕。了解技术的熟人们向我保证过这桥具有多重的承载能力,但是所有这些对我来说毫无用处,我就是害怕:光是铁轨和桥的连接就能引发我的恐惧;我诚实地承认这一点。我们那段莱茵河非常宽。每次感觉到桥的轻微晃动,我的心里都会泛起微小的恐惧,而这种可怕的晃动要持续六百米;当火车再次到达铁路路堤的时候,才终于传来车轮轧过轨道接口时发出的那种低沉而令人安心的咔嚓声,接着就能看到小果园,很多小果园——终于,在快到卡伦卡滕站的时候,能看到一座房子:它吸引了我全部的目光。这座房子直接建在土地上;我目不转睛地盯着它看。房子的外墙是淡红色的,非常干净,窗户的边框和所有的基座则是与之相别的深褐色。房子有两层,二层有三个窗户,一层则有两个窗户,沿着一个三级的露天台阶拾级而上便是居中的大门。只要不是大雨天,每次都有一个孩子坐在台阶上看着火车,一个九岁或者十岁大的小女孩,很瘦,怀里抱着一个干净的大娃娃,一点也不开心。每次我几乎盯着女孩看的时候,目光都会扫到左边的那扇窗户,每次都能看见窗户后面有一个女人,旁边放着一只清洁桶,而她手里拿着抹布,正费劲地弯着腰在那儿做清洁。每次都是这样,即使雨下得非常非常大,即使台阶上并没有一个孩子坐在那儿。我总是看见这个女人:她有着细细的脖子,这让我把她认作是那个小女孩的妈妈,抹布来回地动着,这是做清洁时的典型动作。我常常打算看一看那屋子里的家具或者窗帘,但我的目光被这个一直在做清洁的瘦削女人吸引,每当我想起来要看的时候,火车就已经开过去了。周一、周三和周六,每次都差不多是八点十分,因为那时候的火车准时得可怕。每当火车开过,只够我看一眼这座房子的背面,那儿是锁住的,干净、无声。

我当然会琢磨这个女人和这座房子。这列火车沿途其他的东西我都不怎么感兴趣。卡伦卡滕——布罗德考滕——苏伦海姆——格吕德海姆,这些站都没什么有意思的东西。我的思绪一直围绕着那座房子。我想的是,为什么这个女人一周要做三次清洁。这座房子看上去并没有那么多容易弄脏的地方;看上去也没有太多的客人进进出出。这房子看上去几乎是冷冰冰的,虽然它很干净。这是一座干净但不怎么友好的房子。

但是,每当我坐十一点的火车从格吕德海姆往回返,接近十二点的时候可以从卡伦卡滕站后面看到这座房子的背面,这个女人在最右边那个窗户那儿擦窗玻璃。奇怪的是,周一和周六她会出现在最右边的窗户,周三则是中间的那个窗户。她手里拿着擦窗户的皮抹布,在那儿擦了又擦。她头上系着一块暗红色的头巾。回程的路上我从来看不到那个小女孩,这会儿差不多接近正午了——马上十二点钟了,因为那时候的火车准时得可怕——房子的正面是锁住的,很安静。

虽然我在这个故事里只想描述我的真实所见,但还是允许我做一点微不足道的推断:大概三个月以后,我推测这个女人周二、周四和周五是在擦其他窗户的玻璃。这种推测虽然没有太多依据,但也逐渐成为一种固定的看法。有时候,从快到卡伦卡滕站开始,直到抵达格吕德海姆站的一路上,我都在苦思冥想,这两层楼的其他窗户都是在哪天的上午或者下午擦的。没错——我安心地坐下来,写下一份清洁计划。我试着根据我在三个上午所观察到的情况,整理出剩余三天里的下午或者全天的清洁安排。因为我有一个奇怪的执念:这个女人一直在做清洁。我从未看过她别的样子:她总是弯着腰,很费劲地弯着腰,以至于我觉得都能听见她的喘息声——八点十分;拿着皮抹布勤奋地擦着,以至于我觉得常常能看见她紧闭嘴唇中露出的舌尖——接近十二点钟。

这座房子的故事让我难以忘怀。我常常去想它。这让我疏于工作。是的,我对工作没那么专心了。我冥思苦想得有点多。有一天,我甚至忘了拿"未结案件"的文件夹。我把帝国猎犬协会的地区主管给惹怒了。他把我叫了去,他气得直发抖。"格拉波夫斯基,"他对我说,"我听说,您把'未结案件'给忘了。工作就是工作,格拉波夫斯基。"我无言以对,这让主管变得更加严厉。"信使格拉波夫斯基,我警告您。帝国猎犬协会不能使用健忘的人,您要知道,我们能够找到很多合格的人。"他面带威胁地看着我,但紧接着他就变得充满了人情味:"您是有什么个人忧虑吗?"我小声承认道:"是的。""您在忧虑什么?"他问得很温和。我只是摇了摇头。"我能帮您吗?——能帮点什么?"

"请您放我一天假吧,主管,"我怯怯地请求,"别的就不用了。"他慷慨地点了点头。"问题解决了!您也别太把我的话当回事。谁都难免会忘记点什么,除此之外,我们对您还是满意的……"

我的心里一阵雀跃。这次会面是在周三进行的。第二天，周四，我就该有空了。我想把一切都安排得妥妥的。我坐上了八点钟的火车，这回过桥的时候，我并没有因为害怕，而是由于迫不及待而轻轻发抖：她在那儿，在清扫露天台阶。我从卡伦卡滕站下车，坐下一辆对向的火车往回走，快九点的时候经过了她的房子：二层正面中间的窗户。这一天我往返了四趟，终于搞清楚了周四的清洁计划：露天台阶、正面中间的窗户、二层背面中间的窗户、地板、二层正面的房间。傍晚六点钟，我最后一次经过这座房子，我看见一个小个子男人弯着腰在花园里干活，他的动作幅度不大。那个抱着干净娃娃的小孩像监工一样，看着他。我没看见那个女人……

这一切都是十年前的事情了。几天前，我又一次经过了那座桥。天哪，我下意识地就从柯尼希城上了火车！这整个故事我都已经忘记了。我们坐的是一辆货运火车，当我们接近莱茵河的时候，发生了一些不同寻常的事情：前面的车厢一个接一个地安静下来；这很奇怪，这辆有十五到二十节车厢的火车就像一串灯泡，一个接着一个地熄灭了。我们听到一种令人难受的、低沉的金属碰撞发出的声音，是一种摇摇欲坠的碰撞声；忽然，好似有很多小锤子在敲击着我们这节车厢的地板，我们也沉默了下来，看上去却什么都没有，什么什么都没有；我们的左右两边什么都没有，是一种让人毛骨悚然的空洞……远处能看见莱茵河岸边的草地……船……水，但几乎不敢往外看出去：视线都晕眩了。什么都没有，完全没有！在一个农妇苍白沉默的脸上，我看见她正在祈祷，其他人用颤抖的双手点起了香烟;甚至在角落里打着斯卡特牌的人都沉默了……

接着,我们听见前面的车厢又开上稳固的地面,所有人想的都一样:那些车厢已经开过桥了。如果发生什么不测,那些车厢里的人可以跳车逃生,但我们,我们坐在倒数第二节车厢,几乎可以肯定的是,我们会掉落下去。我们的眼睛和苍白的面孔上都显出对此的深信不疑。这桥跟轨道一样宽,是的,这轨道本身就是这座桥,车厢的边缘甚至比桥还宽一点,朝外探向虚无,桥身在晃动,像是想要把我们甩进虚无里……

突然之间传来一阵比刚才结实的咔嚓声,听起来越来越近,非常清晰,我们车厢底下的咔嚓声变得低沉和稳定,我们这才松了一口气,敢往外看去:是那些小果园!噢,上帝保佑这些小果园!但我忽然认出了这个地方,距离卡伦卡滕站越来越近,我的心脏都有些微微发颤。对我来说只有一个疑问:那座房子还在吗?我看见它了;越过果园里一些树木柔嫩的浅绿树叶,可以看到那座房子红色的外立面,甚至比以前更干净了,它离我越来越近。我感到一种莫名的兴奋;十年前所发生的所有一切,这十年来所发生的所有一切,在我心中狂野地喧闹翻腾。这座房子一下子近了,我看见了她,那个女人:她在擦洗露天台阶。不,她不是那个女人,她的双腿看着更年轻更粗壮一些,但她做着相同的动作,抹布来来回回时候那种笨拙而有力的动作。我的心跳都要停住了,我的心都静止了。有一瞬间,那个女人把脸转了过来,我马上把她认了出来,就是那时候的那个小女孩;这张干瘦的、闷闷不乐的面孔上,流露出一种酸涩的愁苦,是过期沙拉那种难闻的酸涩……

当我的心又开始缓缓地跳动时,我才想起来,那天确实是周四……

邱袁炜　译

长发朋友

这很奇怪:搜捕行动开始前的五分钟,就有一种不安的感觉攫住了我……我怯怯地看了看四周,慢慢地沿着莱茵河往火车站走去,当我看见戴着红帽子的警察开着车飞驰而来,把住宅区包围并封锁起来,并开始检查的时候,我并没有觉得惊讶。一切都发生在转瞬之间。我正好站在围观的人群外面,静静地点上一根烟。一切都发生得无声无息。很多香烟被扔到了地上。可惜啊……我想,还下意识地粗粗估算了一下地上扔着多少现金。载重卡车很快就装满了他们查抄出来的物品。弗兰茨也在场……他远远地向我做了一个生无可恋的手势,想说的应该是:命运。有一个警察回过头看我。我溜了。但是很慢,很慢。天哪,他们差点把我也带走了。

我完全没兴致回我的小破屋,就慢慢地继续往火车站溜达。我用手杖把一个小石子打到路边。阳光和煦,莱茵河上吹来凉凉的微风。

在候车大厅,我给了服务员弗里茨两百支香烟,把钱塞进后面的兜里。现在我已经完全没货了,只给自己留了一盒。大厅里吵吵嚷嚷的,我最后居然找到了一个座位,点了肉汤和一些面包。我又远远地看见弗里茨冲我使眼色,但我没兴趣站起来。他急匆匆地向我走过来。我看见他身后站着那个送货的小茅斯巴赫;他俩看上去非常不安。"嘿,你有空吗?"弗里茨喃喃地说完就摇着头走开了,把位置让给了小茅斯巴赫。小茅斯巴赫气喘吁吁。"你,"他说得有些结巴,"你……得跑路……他们把你的屋子也给查了,还找到了现金……哎呀!"他上气不接下气地说。我镇定地拍了拍他的肩膀,给了他二十马克。"好的。"我说——他便走了。但是我忽然又想起了一些事情,又把他叫了回来。"听好了,笨蛋,"我说,"你要是能去帮我把我屋子里的书和那件大衣收起来保管好……我过两个星期再去找你,知道吗……我其他的东西都归你。"他点了点头。我可以信任他的。这个我知道。

可惜啊……我又这么觉得……八千马克就这么没了……没有地方,没有地方是安全的……

我慢慢地坐回去,不露声色地摸了摸我的兜,有一些好奇的眼光从我身上扫过。接着,我就隐没在了人群之中,我知道,没有地方比这里更适合我一个人想事情,在候车大厅的纷乱和嘈杂之中。

突然,我感觉我的眼睛自动地忙碌起来,虽然我什么都没看,但它们似乎变得不听使唤地总是被吸引到同一个地方。我的目光围绕那个地方,停留在那儿,又匆忙地移开。现在,我像是从沉睡中醒来一样,定睛看向那里。有一个穿着浅色大衣的年轻女孩在离我两张桌子远的地方坐着,她一头黑发,戴着一顶黄褐色的帽子,正在看报纸。我只看到她屈身坐着的身形、一小部分鼻子和纤细安静的双手。她的腿也能看得见,漂亮,细长又……是的,干净的腿。我不知道自己盯着她看了多久,她给报纸翻页的时候,我也能偶尔看到一眼她瘦削的脸庞。她突然抬起头,用她灰色的眼睛严肃而又冷漠地跟我对视一眼,又接着看报纸。

这短暂的一瞥让我惊心动魄。

我心潮澎湃又耐着性子地注视着她,直到她终于看完了报纸,倚在桌子上用一种奇怪而绝望的姿态小口喝着杯子里的啤酒。

现在,我看到了她的整张脸。她皮肤苍白,特别苍白,小嘴巴,嘴唇很薄,鼻子挺拔而高贵……但是,眼睛,这双严肃的、灰色的大眼睛!黑色的鬈发如同葬礼上黑纱一样披在肩上。

我不知道自己盯着她看了多久,是二十分钟,一个小时,或者更久。她越来越不安,悲伤的眼神在我脸上扫过的时间越来越短,年轻的女孩遇到这种情况通常会表现出不满的神色,但她脸上的不是。没错,是不安……和害怕。

唉,我并没有想要让她感到不安和害怕,但我的眼神就是没法从她身上挪开。

最终,她急匆匆地站起身,挎上一个旧的干粮袋,飞快地离开了候车大厅。我跟着她。她头也不回地走上台阶,往检票口走去。我在路过的时候快速地买了一张月台票,一边买,一边牢牢地盯着她,不让她离开我的视线范围。她领先我一大截了,我不得不用胳膊夹起手杖,试着跑一跑。她进了上站台的升降通道,我差一点就把她给跟丢了。我在月台上找到了她,她正靠在一个残破不堪的候车亭上,怔怔地看着铁轨。她一次也没有回头。

莱茵河上的冷风吹进了月台大厅。已经傍晚了。有很多人满脸疲惫,带着大包小包,拎着木箱皮箱,在月台上站着。他们惊慌地把脑袋转向风吹来的方向,风吹得他们瑟瑟发抖。从月台大厅的网状铁架看出去,半圆的深蓝色天空,安静又辽远。

我跛着脚,缓慢地来回踱步,不时看一眼那个女孩,确认一下她的状况。可是,她一直在那儿站在,一直站着,伸直了双腿,靠在断墙上,望着平坦的路基,路基上延绵着磨得发亮的铁轨。

终于,火车开始慢慢地倒进了月台大厅。当我还在盼着火车头入站的时候,她已经纵身跳上了还没停稳的火车,进了车厢,不见了。车厢前面挤满了人,有好几分钟时间我都一直都没能看见她。不过很快,我在最后一节车厢发现了那顶黄色的帽子。我上了车,就在她对面坐了下来,我们如此近,膝盖似乎都要碰到一起了。她平静而严肃地看着我,眉头微微皱起,从她灰色的大眼睛里,我能看得出来,她知道我一直在跟着她。火车驶入越来越浓的夜色里,我的目光无助地流连在她的脸上。我没有开口去打破沉默。原野慢慢消失不见,村庄逐渐被夜色吞没。我觉得冷了。今天晚上该睡哪儿,我想……有什么东西能让我恢复平静的。哈,要是我能把脸埋进这黑色的头发就好了。没有,除此之外没有别的……我点上一根烟。她快速地瞟了一眼烟盒,眼神里有些奇怪的警觉。我干脆把烟盒递给她,用粗粝的声音说:"来一根吧。"我感觉心都要跳到嗓子眼了。她迟疑了半秒钟,虽然车厢里很暗,我还是看出她的脸短暂地红了一下。她拿了。她抽得很大口,很快。

"您真大方。"她的声音沉沉的,有些沙哑。接着,隔壁车厢传来了查票员的声音,我和她都像条件反射一般缩进角落里装睡。我偷偷地看看她,她在笑。我观察着查票员,他拿着一盏刺眼的灯,照着票看,并在票上画上记号。接着,光直直地照上了我的脸。从光线的抖动上我能感觉到他在犹豫是不是要叫醒我。然后光又照向了她。唉,她脸色真是苍白,光洁的额头看着那么悲伤。

坐在我旁边的一个胖女人扯了扯查票员的袖子,对着他耳语了几句,我听明白了:"美国烟……逃票……"于是,检票员恶狠狠地把我推到一边。

车厢里非常安静,我小声地问她要坐到哪儿。她说了一个地名。我买了两张到那儿的车票,还交了罚款。检票员走了,人们的沉默显得冷漠又轻蔑。相反,她的声音听起来那么温暖,还带着一些嘲讽的意味,她问我说:"您真的也要到那儿去?"

"噢,我去那儿也完全没问题。我在那儿有一些朋友。固定的落脚点嘛,倒是没有……"

"这样子。"她只是说……接着又往后靠去,深深的黑暗中,只有当车外偶然有灯光照进来的时候,我才能看见她的脸。

我们下车的时候,天已经完全黑了。黑暗而温暖。我们走出火车站时,这座小城已经沉沉睡去。温柔树影下的小房子发出平静而安稳的呼吸声。"我陪着您,"我沙哑地说道,"这儿太黑了……"

在一盏路灯底下,她忽然站住了。她直直地看着我,小声地说:"我就想知道,我们去哪儿?"冷风吹过她的脸,她的脸像手帕一样,轻轻地动了动。不,我们没有接吻……我们慢慢地往城外走去,最后总算是找到了一个干草堆钻了进去。唉,我并没有朋友在这座宁静的小城,对我来说,它和别的城市同样陌生。天快亮的时候,有点冷,我向她那边挤了挤,她把她的那件薄薄小小的大衣分给了我一些,给我盖上。我们用呼吸和血液互相取暖。

从那以后,我们就在一起了——在这个时代。

邱袁炜　译

飞刀艺人

尤普捏住刀尖儿倒拿着一把刀,让它懒洋洋地颤动。这是一把磨得极薄的切面包长刀,一看就知道它非常锐利。他猛一使劲儿,便把刀子扔到空中。它发出螺旋桨似的嗡嗡声旋转着愈飞越高,明晃晃的刀锋就像金色的鱼,在一束落日余晖照耀下闪闪发光。到了上面,刀子一碰天花板就急转直下,呼啸着径直向尤普劈头栽下来。尤普飞快地把一块木头放在头顶上;铮的一声刀子扎在上面,颤动了几下就牢牢钉住。尤普从头上取下木块,拔出刀子,生气地把手一扬,刀子向房门飞去,它插在门心板上颤动了一会儿,慢慢地停止摆动,掉到地上……

"真恶心,"尤普轻声说道,"我演这个节目出发点清清楚楚:付钱买票的人最爱看那种容易伤人或者生命有危险的节目——就像在古罗马的竞技场里一样——他们至少要知道这个节目很容易流血,你明白了吗?"他拾起刀来,稍稍一挥胳臂,刀子就飞插在窗户最高一格的横档上,来势之猛把窗玻璃震得格格直响,差一点儿脱出断裂残缺的泥子,掉到地上。这种飞刀的技巧——得心应手,百发百中——使我想起在那过去的黑暗岁月里,他可以用他的小折刀一次又一次自下而上再自上而下连续飞刀击中地堡柱子的情景。"为了逗起观众的兴趣,"他继续说道,"我刀山敢上,火海敢闯。要我割下两个耳朵,我也愿意,可惜没有人能替我再把耳朵粘上去;要我没有耳朵生活——那还不如留在战俘营里算了。你跟我来。"他用力拉开门,让我在头里走。我们到了楼梯间,那儿只有糊得特别牢的地方还稀稀拉拉留着几块壁纸,其他的都已扯掉拿去生火了。我们穿过一间损坏废弃的浴室,走到一个像是屋前大凉台的地方,水泥地已经龟裂,长满了苔藓。尤普指指空中:"刀子飞得越高,效果当然越好。不过,在空中要有个障碍物,在那儿挡一下刀子,使它急转直下,径直向我那无用的脑袋飞劈下来。你瞧。"他指给我看,在上面有一个倒塌的阳台,它的钢梁架高耸在半空之中。

"我就是在这儿练出这一手功夫来的。足足练了一年。好好瞧着。"他把刀子向上一扔,它就服服帖帖地不断上升,就像一只轻快高飞的鸟。刀子一碰钢梁,就以惊心动魄的飞快速度直劈下来,猛击在木块上面。光是这撞击的力量一定就很难受,尤普却一点儿不动声色。刀子扎进木块寸把深。

"太棒了,老兄,"我叫道,"妙极了,他们一定很欣赏你吧,可真是一个好节目!"

尤普毫不在乎地把刀子从木块上取了下来,握着刀柄在空中挥舞了一下。

"他们是很欣赏,每晚给我十二马克,让我在两个较长的节目之间表演一会儿。不过,我这个节目太平淡。一个男人、一把刀子、一块木头,你明白吗?我要是有一个半裸体的女人就好了,我让刀子贴着她的鼻子尖儿飞擦过去,那时候他们就会兴高采烈。不过,你去找一个这样的女人试试!"

这会儿他在头里走,我们回到他的屋里。他把这把刀子小心翼翼地放在桌上,木块放在刀旁,然后搓起手来。我们就坐在火炉旁的木箱上,都默默不语。我从口袋里拿出面包,对他说:"你也吃一点儿,好吗?"

"噢,太好了。不过,我要煮点儿咖啡,吃完饭你跟我一起去,看看我的演出。"

他添了些木柴,把锅放在敞开的火上。"真是没办法,"他说,"我这个人看起来大概太一本正经了,似乎有点像管列兵的中士模样,是不是啊?"

"别胡扯,你从来就没有当过什么中士。观众鼓掌的时候,你是不是面带笑容?"

"这当然——我还鞠躬致谢。"

"我就做不到。叫我一只脚伸在棺材里就笑不出来。"

"那就大错而特错了,正因为一只脚伸在棺材里就非得微笑不可。"

"我可不明白你的话。"

"因为剧场里并没有死人。谁也没有死,你懂了吗?"

"我懂是懂了。不过,我不相信这一点。"

"你至今还像中尉似的多疑。当然,要克服它不是一天两天的事情。我的天,只要能使观众开心,我就高兴了。现在,观众已经心灰意懒,我要刺激刺激他们的神经,好赚点儿钱。

说不定有一个人,只有一个人,回到家里还忘不了我。他可能会说:'那个飞刀艺人,真该死,他不知道害怕,而我呢,一天到晚心惊胆战的,真该死。'因为那些观众都是整天提心吊胆的。害怕的阴影老是跟着他们,摆脱不了。所以,如果他们能够忘掉害怕,放声笑一笑,那我就高兴了。难道这不能成为我强颜欢笑的理由吗?"

我没有作声,等着水开。尤普在棕色的咖啡壶里冲好咖啡,我们就一人一口轮流喝起来,同时吃我的面包。外面天色渐暗,薄暮像一股柔和的灰白的牛奶流进屋内。

"你究竟在干什么活?"尤普问我。

"没有什么固定职业……我在熬苦日子呢。"

"干的活很劳累吧。"

"是的——为了这点儿面包,我要在废墟堆里寻找、敲碎百来块石头。我是临时工。"

"嗯……你有没有兴趣再看我表演一个节目?"我点点头。他起来打开电灯,走到墙前把一块地毯似的壁毯推到一边。这时,刷成粉红色的墙上出现了用炭笔画的一个人的粗粗轮廓:该是脑袋的那个地方,鼓起一块奇形怪状的鼓包,那画的大概是一顶帽子。我仔细一瞧,原来这个人画在一扇伪装得十分巧妙的门上。我好奇地看着尤普,他从他简陋的床底下取出一个漂亮的棕色箱子放在桌上,在打开箱子之前,他先走到我的跟前,交给我四个烟头儿。"你把它们卷成两枝细细的纸烟。"他说。

我换了一个位置,以便既能看得见他的表演,又能离暖洋洋的炉子近些。我正在细心地把烟头儿弄开,把里面的烟丝铺在我的包面包的纸上。这时,尤普已经打开箱上的锁,取出一个罕见的口袋。这是我们的母亲们常用的那种缝着许多袋儿的布口袋,用来珍藏她们的嫁妆餐具。他利索地解开绳子,把小包在桌上滚开,里面露出十二把兽角柄的刀。我们的母亲们在跳华尔兹舞的时代,管这种刀叫"猎餐具"。

我把搞出来的烟丝公平地平分在两张小纸片上,卷成两支烟。

"给你。"我说。

"好,"尤普说,"谢谢。"然后,他把整个布袋给我看。"这是我从父母财产中拯救出来的唯一的东西。其他通通都烧掉了,埋在废墟里,剩下的又被偷走。当我惨兮兮地穿得破破烂烂从俘虏营里回来时,我一无所有——直到有一天,一位衣着讲究的老太太——我母亲的一位熟人找到了我,她把这只漂亮的小箱子交给了我。这箱子是我母亲被炸死前几天托付给她收藏的,也就因此幸存了下来。这种事很少见,是不是?不过,我们知道,人们在毁灭的恐惧攫住了心的时候,总是要想方设法把最最稀罕的东西拯救出来,却不去抢救最最必需的东西。不管怎么样吧,我从那时起总算有了一点儿箱子里面装着的东西:棕色的咖啡壶、十二把叉子、十二把刀、十二把勺子和这把切面包的大刀。我卖掉叉子和勺子,靠这些钱生活了一年,就在这一年里用这些刀,十三把刀子,练出了功夫。注意瞧……"

我把自己用来点了烟的捻子递给他。尤普把烟叼在下嘴唇上,把口袋的绳儿系在上衣肩上的一个扣子上,让口袋顺着胳臂垂挂下来,就像是一种稀奇古怪的战争装饰品遮住胳臂。接着,他以令人难以置信的速度,从口袋里取出刀来,我还没有看清他的手法,他已经一下子把十二把飞刀快速向门上的那个人影像扔去,这个画像很像在战争快要结束时贴在广告柱上或者街头巷尾各个角落里的招贴画上的人儿,他们是灭亡的先声,看起来摇来晃去的有点儿可怕,似乎随时会冲着我们悠荡过来。有两把刀子插在人像的帽子上,左右肩上方也各插两把,其余的刀子一面三把插在下垂的双臂旁……

"棒极了!"我嚷着说,"真妙!配上点儿噱头,可是一个好节目。"

"只是缺个人来当靶子,最好是个女人。唉!"他又从门上拔下刀子,小心地把它们放回口袋里。"就是找不到人。女人胆子太小,男人又太贵。我很明白,这是一个危险的节目。"

他又一次把刀子飞快地扔出去,这次把那黑色的人影正好一分为二,分得一点儿不偏,十分均匀。第十三把大刀像一支致人死命的利箭插在他的心窝所在的地方。

尤普又抽了一口包着烟丝的细长纸卷儿,把短得可怜的香烟头扔到炉子后面。

"来吧,"他说,"我想,咱们该走了。"他把头伸出窗外,嘟嘟囔囔说了些"该死的雨"之类的话,接着告诉我,"再过几分钟就八点了,八点半我上台。"

趁他把刀子放回小皮箱的当口儿,我转脸向窗外看去。破败颓废的别墅似乎在雨中轻轻哭诉,在一排似乎在迎风摇曳的白杨树后面,我听到电车隆隆驶过。但是,哪儿也看不到有钟楼。

"你是从哪儿知道时间的?"

"凭我的直觉——这也是我练出来的一种功夫。"

我莫名其妙地看着他。尤普先帮我穿上大衣,再穿上他自己的风衣。我的双肩有些麻痹,超过很小的半径两个胳膊就不能活动,这个活动范围正好可以打石头。我们戴上帽子,到了灯光微弱的走廊里,那里至少能听到些楼里什么地方的人声,他们有的纵声大笑,有的低声耳语,我感到很欣慰。

"是这样的,"尤普下楼时说,"我曾经努力去抓住某些宇宙的规律。是这样抓的。"在楼梯转弯处,他放下皮箱,平伸出双臂,就像在某些古希腊罗马图画所画的伊卡洛斯①,他正要纵身起飞。在他冷静沉着的脸上显出某种少见的冷漠的梦幻似的表情,其中狂热与冷静各参其半,似乎中了魔,把我吓得要死。"你瞧,"他轻声说,"我轻而易举地把手伸进大气里,我感到我的手越来越长,它伸到另一个屋子里,那儿的规律与我们这里不一样,我的手穿过一层天花板,天花板上面就有少见的、中魔似的紧张情绪,我抓住了它,简简单单地抓住了它……然后,我拽着它的规律,紧紧抓住,怀着既贪婪又满足的情绪把它拿走!"他的两手紧紧相握,缩了回

---

① 伊卡洛斯:希腊神话中的人物。他用蜡粘上羽毛做翅膀飞起,因飞得太高,接近太阳,蜡翼融化,坠海而死。

来,紧贴在身上。"来吧!"他说,他的脸色又变得十分清醒。我昏昏沉沉地跟着他……

外面细雨绵绵,凉意袭人。我们翻起大衣领子,寒栗瑟缩地走着。暮霭流过大街,天空染上了黑沉沉的淡蓝夜色。某些被炮火摧毁了的别墅的地下室里亮着昏暗的灯光,上面盖着巨大废墟的重压,漆黑异常。大街不知不觉成了一条泥泞的田间小道,左右两侧全是阴暗的板房,它们像浅平河汊上的令人生畏的中国大帆船,在荒芜的园子里漂游。接着,我们穿过电车轨道,走进在郊外由瓦砾和垃圾堆成的狭窄的天井,里面残留着几所陷在污泥中的房子。走着走着,突然到了一条车水马龙的大街,摩肩接踵的人群卷带着我们走了一段路,再拐进一条黑洞洞的胡同,那里闪光的沥青地上倒映出刺眼的霓虹灯广告——"七磨坊"。

通往杂耍剧场的大门空空荡荡的。演出早已开始,透过破旧的红色门帘,里面嘈杂的人声嗡嗡可闻。

尤普笑着指给我看画廊里的一张他穿着牛仔打扮的照片,两旁各挂一张照片,里面是甜津津微笑着的跳舞女郎,她们的乳房上绷着亮晶晶的金属小片儿。

下面写着"飞刀神手"。

"过来。"尤普再次说道,我还没有来得及考虑,已经被他拉进一个漆黑狭隘的门廊。我们登上一段窄小的盘旋而上的楼梯,那里灯光暗淡,有一股汗臭味儿和脂粉味儿,说明这里离舞台很近。尤普走在我的前面。突然,他在楼梯一个拐弯的地方停了下来,他又放下皮箱,抓住我肩膀轻声问道:

"你有没有胆量？"

我早就在等着他提出这个问题,可如此突如其来倒把我吓了一跳。我回答的时候,大概没有什么英勇无畏的气概:"只有绝望的勇气。"

"要的就是它。"他忍住笑,高声说道,"怎么样？"

我没有说话。突然,沿着狭窄的楼梯传上来一阵狂笑,它像狂风暴雨向我们迎面扑击,它如此猛烈,真使我害怕,使我不寒而栗,左右摇晃。

"我害怕。"我轻轻地说。

"我也怕。难道你不信任我？"

"当然相信……不过……来吧,"我声音嘶哑地说,一边把他推着向前走,一边添上一句,"我听天由命吧。"

我们到了一条狭窄的楼道,左右两旁各有许多用粗糙的胶合板隔开的更衣室。不断有一些化装好的演员轻手轻脚地走过。穿过两块似乎十分简陋的景片之间的缝儿,我看到舞台上有一个小丑,他在拼命张开他的大嘴。又有一阵狂笑向我们扑来。这时,尤普把我拉进一间小屋,锁上了身后的门。我向四周环顾了一下。更衣室很小,几乎没有一点儿陈设,墙上挂着一面镜子,还有一根孤零零的铁钉,尤普的牛仔装就挂在上面。在一把看上去摇摇晃晃坐不稳当的椅子上,放着一副旧纸牌。尤普慌里慌张的,他帮我脱下潮湿的大衣,抄起牛仔装朝椅子上吧嗒一扔,他把我的大衣挂在铁钉上,再挂上他的风衣。越过更衣室的板墙,我看到外面红漆的多列斯式柱子上有一个电钟,已是八点二十五分了。

"还有五分钟。"尤普一边喃喃自语,一边穿上他的行头。"要不要排演一下?"

正在这个时候,有人敲着更衣室的门叫道:"准备上场!"

尤普扣上外衣的扣子,戴上了美国西部牛仔帽。我苦笑着回答说:"一个被判处死刑的人,你难道也要让他先上绞刑架排演一下?"

尤普提起皮箱,拉着我出去。外面站着一个秃顶的男人,他正在观看小丑在舞台上的最后几招戏。尤普凑在他跟前耳语,说什么我听不清。那个人惊奇地抬起头来,看看我,又看看尤普,使劲摇摇头。尤普又低声对他劝说。

我是听天由命,就让他们把我活活用刀戳得满身窟窿吧。我双肩麻痹,刚才抽过一枝细纸烟。我明天就要为四分之三个面包去打七十五块石头,但明天……热烈的掌声似乎要掀翻布景片。那个小丑十分疲惫,他歪扭着脸蹒跚地穿过布景片之间的空隙向我们走来。他哭丧着脸在那儿站了几秒钟,然后回到舞台上,亲切殷勤地微笑鞠躬谢幕。乐队吹起响亮的喇叭声。尤普还在不断向那个秃顶的人耳语。小丑退场三次,又上台三次,微笑着鞠躬谢幕!接着,乐队奏起一支进行曲,尤普提着皮箱迈着有力的步伐走上台去。欢迎他的掌声稀稀拉拉。我睁着疲劳的眼睛观看尤普把纸牌挂在显然是事先准备好的铁钉上,他依照牌次投刀击中,每张牌上钉着一把刀,不偏不倚正中中央。掌声多了一点儿,但并不热烈。然后,他在乐队轻击小鼓的伴奏下,做了切面包长刀飞落木头块的表演,观众反应冷淡,我感到事情确实不大妙。舞台另一头有些只穿一点点遮羞服装的姑娘也在瞧着……正在这当口儿,那个秃头突然把我拖上舞台,庄重地挥了挥胳臂,向尤普致意,接着用装腔作势的警察腔调说道:"鲍迦莱夫斯基先生,晚上好。"

"晚上好,埃德曼格先生。"尤普说,说话的腔调也是那么庄重。

"我给您逮了一个偷马贼来,一个十足的大坏蛋,鲍迦莱夫斯基先生。把他吊死之前,请您用干净刀子替他挠挠痒……这个坏蛋……"我觉得他的声调特别可笑,非常做作,就像是一朵纸做的假花,或是最不值钱的脂粉。我向观众席望了一眼,那里像是一个千头怪物,时而闪出亮光,贪婪紧张地坐在暗中,似乎要一跃而起。从这时起,我就干脆不把他们放在心上了。

去他妈的,我一切都无所谓。聚光灯刺目的灯光使我头昏目眩,我衣衫褴褛,鞋子破旧,大概确实像是一个偷马贼。

"噢,您把他放在这儿交给我,埃德曼格先生,我来对付这个家伙。"

"好吧,您好好地教训他一顿,可别刀下留情。"

尤普抓住我的领子,埃德曼格先生就迈着八字腿,幸灾乐祸地笑着退场了。不知从哪儿向舞台扔来一条粗大的绳索,尤普就把我绑在一根多列斯式柱子脚上,柱子后面倚着一扇漆成蓝色的门作为布景。我感到自己几乎像槁木死灰一样了。从右边传来了紧张的观众发出的令人不安的嗡嗡声,我觉得尤普刚才关于观众嗜血成性的那一番话很有道理。观众的紧张情绪在夹着香味儿的混浊空气里发颤,这时候鼓点紧催,乐声靡靡,使人紧张伤感。乐队的伴奏更使人感到似乎在演出一场可怕的悲喜剧,里面真的血流如注,是一场出钱观看的流血表演……我呆呆地笔直向前望着,身子软绵绵地向下坠滑,直到底下绳索捆紧的结子把我拽住。乐队的伴奏越来越轻,越来越轻,尤普冷静地把刀子从纸牌上一一摘下,插进口袋里,一边用情感夸张的目光打量着我。等到把刀子全都放好,他转身面向观众,用一种矫揉造作令人恶心的声音说道:"各位观众,我替你们用刀子把这位先生围起来。不过,请你们瞧一瞧,我扔的刀可是不钝……"说着,他从口袋里掏出一根绳子,又从布袋里把刀子逐一取出,每把刀子割一下绳子,再把刀子放回布袋。绳子被割成了十二段,他的样子从从容容。

在他摆弄刀子的时候,我的目光越过尤普,越过布景,也越过那些身体半裸的女郎,似乎进到了另一种生活……

观众的紧张情绪在空中弥漫。尤普向我走来,假装是把绳子重新缚一下,他声音柔和地对我说:"千万,千万保持镇定,要相信我,好兄弟……"

他的再次拖延使观众情绪紧张得几乎要爆炸迸裂流个一空,但是,他突然两手平举微微摆动,像是轻轻拍翅飞翔的鸟儿。他的脸上又显出了我在楼梯上惊讶地看到的那种中了魔而专心一致的神情,他似乎同时也用这种魔术师姿态使观众着迷。我觉得似乎听到一声少见的令人难受的叹息,我明白,这是向我发出的警告信号。

我从无边遥远的远方收回目光,看着尤普,他现在站在我的正前方,我们四目相对,成为一条直线。然后,他举起一只手慢慢伸向布袋,我知道,又是给我发出的信号。我立正站好,一动也不动,闭上了眼睛……

这是一种奇妙的感觉。我不知道持续了多久,也许有两秒钟,也许有二十秒钟,我听到刀子轻声地嗖嗖飞过,听到刀子击中布景上的门发出急促猛烈的气流声,我仿佛在走过一条架在万丈深渊之上的独木桥上。我步子很稳,却仍然感到危险害怕……我虽害怕,但又确信不会摔下去;我没有数数,但在最后一把刀紧贴我的右手击中门的时候,我睁开了眼睛……

暴风雨般的掌声把我高高掀起。我睁大双眼看着尤普煞白的脸,他急忙向我冲来,两手慌慌张张解开缚住我的绳索,然后把我拉到舞台正中,拉到台口。他鞠躬致谢,我鞠躬致谢。掌声越来越响亮,他向观众指指我,我向观众指指他。他对着我微笑,我对着他微笑,然后我们微笑着一起向观众鞠躬谢幕。

在更衣室里我们两个都没有说话。尤普把穿透的纸牌往椅子上一扔,从铁钉儿上取下我的大衣帮我穿上。然后,他挂上他的牛仔装,穿好风衣,我们都戴上帽子。我打开门,那个矮小的秃头向我们冲过来,高声说道:"薪俸涨到四十马克!"他递给尤普几张钞票。这时,我明白尤普成了我的顶头上司,我对他微笑,他也看着我,笑了笑。

尤普扶着我的胳臂，我们并肩走下灯光暗淡的狭窄的楼梯，那里有一股陈旧口红的哈喇味儿。我们到了大门口，尤普大笑着说："咱们现在可以去买香烟和面包了……"

一小时以后，我才刚刚明白，我现在有了一个合适的职业，这种职业只要我往那儿一站，梦幻片刻，待上十二秒钟或二十秒钟。我成了一个让人用刀子扔掷的人……

倪诚恩　译

站起来,站起来吧

粗糙简陋的十字架上,她的名字已经不可辨认;硬纸板做的棺材盖已经破了,几周之前,这里还是个小坟包,现在已经塌陷了下去,肮脏的腐烂的花、褪色的领结,同冷杉针叶和枯枝混合在一起,丑陋地堆作一团。没烧完的蜡烛头一定是被偷了……

"站起来,"我小声地说,"站起来吧。"……我的眼泪跟雨水混在一起,这场单调淅沥的雨已经下了几周了。

接着,我闭上了眼睛:我害怕自己的愿望成真。闭着眼睛,我清楚地看见那块折断的棺材盖,它应该正压在她的身上,周围潮湿的泥土把盖子压塌,从它的边上冷酷又贪婪地涌进棺材里。

我俯下身子,想要从黏糊糊的土里把脏兮兮的墓地装饰品捡拾起来,忽然感觉身后有个影子从地里骤然蹿起,就好像被盖灭的火堆里有时候会突然升起的火焰。

我赶忙在胸前画了一个十字,把花扔下,匆匆地向出口走去。暮色笼罩着狭窄的小路,路两旁满是浓密的灌木丛,当我走到主路的时候,我听见钟声响了起来,那是提醒墓地的到访者该离开的信号。我没有听见任何脚步声,我也没看见任何人,但我只感觉到那个无形而真实的影子在身后跟随着我……

我加快了脚步,走出大门时把那扇锈得咯咯作响的大门用力关上,穿过圆形广场,广场上有一节仰面朝天的有轨电车车厢,车底盛接着雨水;雨水像被施了魔法一般温柔地敲击在这个铁皮箱子……

我的鞋子里早已灌满了雨水,但我既不感到冷,也没觉得湿,一股狂热将我的血液驱赶到四肢的末端,在这从背后袭来的恐惧之中,我感受到了那种罕见的、来自疾病和悲伤的快感……

路边是贫穷的屋舍,烟囱里升起寥寥的烟,胡乱扎成的篱笆将黑色的田地围住,腐朽的电报杆在暮色中看起来摇摇欲坠,我在郊外这看上去似乎没有尽头的绝望之地穿行。我向着城市遥远又破碎的剪影走去,它像愁苦的迷宫一般,一直绵延到地平线上肮脏的暮云里,我越走越快,连踩进水坑也未曾发觉。

左右两边出现巨大的黑色废墟,光线昏暗的窗户里传来奇怪又沉闷的噪声;又是黑色田地,又是屋舍,坍塌的别墅——我对心中的恐惧感越来越笃定,因为我感觉了一些可怕的东西:眼前的暮色越来越深重,身后越来越昏暗;身后已经入夜了;我身后拖着一个夜晚,把它盖在遥远的地平线边缘,我走到哪里,哪里的天色就黑了。尽管我什么都看不见,但我知道:我在爱人的墓地唤醒了那个影子,从那里开始,我身后就一直拖着疲惫无力的夜的帆。

这个世界似乎空无一人：郊外是一片被垃圾填满的巨大平原，城市是废墟堆积而成的低矮山峦，它曾看着如此遥远，现在却又不可思议地近在眼前。我中途停下来几次，我能感觉到身后的黑暗是如何停住，如何蓄积，如何嘲讽般地犹豫，接着用温柔和强制的压力将我继续往前推。

直到现在我才感觉到，我身上汗如雨下；我的步履变得艰难，我要拖行的负担很重，重如世界。看不见的绳索将我和重担缚在一起，现在是它拉扯着我，就像滑落的货物不可避免地要将精疲力竭的骡马拖入深渊之中一样。我竭尽全力地撑住这些看不见的绳索，我的脚步变得又碎又虚，就像一只绝望的动物一样紧紧牵拉着绳索；我的双腿似乎陷入了泥里，我尚存的力气还要让上半身保持直立；直到我突然感觉自己撑不住了，马上要被迫停下，负担如此之重，以至于我当场就停住了。我以为我已经失去了支撑，大喊一声，拉紧那看不见的绳索——我脸冲下向前跌倒在地，束缚已经被扯断了，我身后是难以言表的珍贵的自由，我眼前是一片明亮的平原，她现在正站在那上面，她，就是那个曾经躺在寒酸的坟墓里、身上覆盖着肮脏花朵的她，而现在她正微笑地对我说："站起来，站起来吧……"但我已经站起来了，向她走过去……

邱袁炜　译

在敖德萨那时候

在敖德萨那时候,天气非常寒冷。每天早晨,我们坐着轰鸣的大卡车,轧过鹅卵石街道去机场,在那里瑟瑟发抖地等待那些在跑道上滑行的灰色大鸟起飞。但头两天里,我们都是在已经准备登机时接到取消起飞的命令,天气不适合飞行,要么是黑海上空的雾气太大,要么是云层太厚。于是,我们又坐上轰鸣的大卡车,轧过鹅卵石街道回到营房。

营房很大很脏,还生满了虱子。我们蹲在地上,或者躺在污烂的桌子上打牌,要么我们就唱唱歌,等待着一个翻墙出去的机会。营房里的很多士兵都在等待,但没有人被允许进城。头两天里,我们徒劳地尝试过要溜出去,但被逮住了。作为惩罚,我们得去搬那些又大又烫的咖啡壶,还得去把面包卸下来。有一个穿着裘皮大衣的军需官站在那儿点数,确保没有一个面包被压坏,他那件大衣很带劲,据说是专供所谓的前线的。那时候我们觉得,军需官不过是"军虚官"罢了。敖德萨上空依然浓云密布,天色暗沉,哨兵们在黑色肮脏的围墙前来回走动。

第三天,等天色完全黑了下来,我们径直走向大门口,当哨兵把我们拦住的时候,我们说了句口令,他就让我们通过了。我们一共三个人,库尔特、埃里希和我,我们走得很慢。那会儿才下午四点,天已经完全黑了。的确,我们一心想从那黑色肮脏的高大围墙里走出来,但现在,当我们到了外面,又几乎宁愿再回到里面待着;我们参军才八个星期,充满了恐惧,但我们也知道,如果回到里面,我们一定会想要再出来,而这是不可能的事,现在才下午四点,那些虱子和歌声让我们根本睡不着,除此之外,也因为我们既担心又期盼明天是个适合飞行的好天气,那样他们会把我们送到克里米亚,那个我们要长埋于斯的地方。我们不想死,我们不想去克里米亚,但我们也不想整天蹲坐在这个又脏又黑的营房里,那里有一股假咖啡的味儿,那里有人不停地往下卸着特供前线的面包,永远有一个穿着特供前线大衣的军需官在那站着点数,确保没有一个面包被压坏。

我不知道我们想要什么。我们缓慢地走入这条黑暗、凹凸不平的郊区小巷,在低矮无光的房子中间,夜晚被一些腐朽的木桩如篱笆一般圈住,后面看着像是一片荒地,如同自家的荒地一样,他们认为这里会变成一条街道,他们会在这里修起运河,他们用量尺来回地测量,这里终究没有变成街道,他们往里扔碎石、灰土和垃圾,草又重新长起来,荒蛮的野草和浓密的杂草,因为往里面倒了太多的碎石,那块"禁止倾倒碎石"的牌子已经看不见了。

我们走得很慢,因为时间尚早。在黑暗中,我们遇到一些回营房的士兵,还有一些从营房出来的士兵超过了我们;我们害怕遇上巡逻队,以至于觉得最好能回去,但我们也知道,如果重新回到营房,我们一定会感到绝望的,在外面担惊受怕也比在那个黑暗肮脏围墙里的营房里绝望要好,那里有人在搬咖啡,一直有人在搬咖啡、在往下卸特供前线的面包,那里有穿着漂亮大衣的军需官跑来跑去,而我们却冻得瑟瑟发抖。

在路的两侧,不时能看到一幢房子,里面透出昏黄的灯光,我们听见有人说话的声音,清晰的、陌生的、战战兢兢的、厉声尖叫的声音。接着,黑暗中出现了一扇灯火通明的窗户,里面很吵闹,我们听到有士兵在唱歌:"是的,来自墨西哥的阳光。"

我们推开门进去:里面热气腾腾,烟雾缭绕,有几个士兵在里面,八个或者十个,当我们走进去的时候,他们中有几位正跟女人们一起边喝边唱,其中有一个士兵笑得特别大声。我们年纪很小,个子也小,是整个连队里最小的;我们穿着簇新的军装,里面的木纤维扎着我们的胳膊和腿,内裤和衬衫刺激着皮肤,感觉非常痒,而我们的毛衣也是全新的,非常扎人。

库尔特,我们中间最小的那个,走进去挑了一张桌子;他以前是皮革厂的学徒,总是跟我们说那些皮子是从哪里来的,虽然这是商业秘密,他甚至告诉我们厂子的利润有多少,即使这是最严格的商业秘密。我们在他旁边坐下。

一个满脸善意的、胖胖的黑皮肤女人从柜台后面走出来,问我们想要喝点什么;我们首先问了一下葡萄酒的价格是多少,因为我们听说,在敖德萨一切都很贵。

她说:"五马克一小瓶。"我们点了三瓶。我们玩牌输了不少钱,输剩下的三个人平分了;每人还有十马克。有些士兵还点了吃的;他们在吃煎肉,肉摊在白面包片上冒着热气,还有肥圆的蒜味香肠,我们这时才感觉到饿,当她把酒给我们端上来的时候,我们问了她食物的价格。她说,香肠是五马克一根,煎肉配面包八马克;虽然她告诉我们那是新鲜的猪肉,可我们还是只点了三根香肠。有些士兵亲吻着那些女人,或者公然把她们搂在怀里,而我们不知道该看哪里。

香肠又热又油腻,葡萄酒很酸。吃完香肠以后,我们不知道该做些什么。我们之间已经无话可说了,我们在火车厢里互相挨着待了十四天,把能说的都说完了:库尔特之前在一家皮革厂,埃里希来自一个农庄,而我,刚从学校出来;我们仍然心怀恐惧,但已经不觉得冷了……

那些亲了女人的士兵系好腰带,和女人们走了出去;一共是三个女孩,她们的脸圆圆的,非常可爱,她们刚刚还咯咯地笑着,叽叽喳喳地聊着,但她们现在要跟着六个士兵走了,我觉得是六个,五个是肯定的。现在只剩下那些唱歌的醉汉了:"是的,来自墨西哥的阳光。"有一个身材高大的金发一等兵站在柜台旁,他转过身嘲笑我们;我觉得我们就像是在营房里的课堂上一样,安静又顺从地坐在桌子旁,双手放在腿上。接着,这位一等兵跟老板娘说了些什么,老板娘于是给我们端来了几杯烧酒,杯子特别大。"我们得向他敬酒。"埃里希边说边用膝盖碰了碰我们,而我就一直冲他喊:"一等兵先生!"直到他注意到我们是在跟他打招呼,接着埃里希又一次用膝盖碰了碰我们,我们起立一齐对他喊:"干杯,一等兵先生!"其他士兵都哄堂大笑起来,但一等兵举杯对我们说:"干杯,步兵先生们……"

烧酒又烈又苦,但它让我们感到温暖,我们还想再喝一杯。

金发一等兵冲库尔特招了招手,库尔特走上前去跟他聊了几句,他又向我们招手示意。他说我们肯定是疯了,没钱就敢来这里,我们应该变卖一些东西换钱;他还问了我们是从哪儿来的,去哪儿,我们告诉他,我们在营房等着飞去克里米亚。他的脸色变得严肃起来,一句话也不说。接着,我问他,我们可以变卖什么。他说,一切。

这里一切都可以变卖:大衣、帽子,或者内裤、手表、自来水笔。

我们不想变卖大衣,我们很害怕,这是不允许的,而且在敖德萨那时候,天太冷了。我们把口袋翻了个遍:库尔特有一支自来水笔,我有一块表,埃里希有一个全新的皮制钱包,那是他在营房抽奖中的。一等兵拿了这三样东西问老板娘愿意出多少钱,她非常仔细地看了看以后说,这些东西不怎么样,一共能出二百五十马克,其中一百八十马克是给手表的。

一等兵说二百五十马克确实有点少,但他也说了,老板娘不会再出更高的价了,如果我们第二天要飞去克里米亚的话,一切都无所谓了,收下吧。

两个唱"是的,来自墨西哥的阳光"的士兵起身过来拍了拍一等兵的肩膀;他向我们点点头,跟着他们走了出去。

老板娘把钱都给了我,我给每人点了两份煎猪肉配面包和一大杯烧酒,接着我们每人又吃了两份煎猪肉,又喝了一大杯烧酒。肉很新鲜很肥,热乎乎的,还带点甜味,面包里浸透了油脂,我们又喝了一轮烧酒。然后,老板娘说,猪肉已经没有了,只剩下香肠,我们每人又吃了一条香肠,喝了够劲的黑啤,接着又喝了一轮烧酒,点了碎坚果做的干蛋糕;我们接着又喝了更多的烧酒,完全没有醉意;我们觉得又暖和又舒服,我们不再想内裤和毛衣上那些木质纤维的刺了。后来,又有新的士兵进来,我们一起唱着:"是的,来自墨西哥的阳光……"

到了六点,我们的钱花光了,我们仍然没有喝醉;我们回到了营房,因为已经没有东西可以变卖了。在黑暗、凹凸不平的街道上已无灯光亮着,当我们走过岗亭时,哨兵说我们必须去警卫室。警卫室里温暖而干燥,很脏,闻起来有一股烟味,士官训斥我们,让我们等着瞧。但晚上我们都睡得很好,第二天一早我们又坐着轰鸣的大卡车,轧过鹅卵石街道去机场,敖德萨非常冷,天气极好,晴朗,我们终于登上了飞机;当飞机腾空爬升的时候,我们突然意识到,我们再也不会回来了,再也不会……

邱袁炜　译

流浪人,你若到斯巴……

汽车停下来后,马达还响了一会儿,车子外面什么地方有一扇大门被人拉开了。光线透过打破的车窗照进汽车里,这时我才看见,连车顶上的灯泡也碎了,只有螺口还留在灯座上,三两根细钨丝和灯泡残片在颤动着。过了一会儿,发动机的嘟嘟声停止了,只听见车外有人喊道:"把死人抬到这里来:你们那里有死人吗?"

"该死的,"司机大声地回答道,"你们已经解除灯火管制了吗?"

"整个城市烧成一片火海,灯火管制还有什么用!"那个陌生的声音喊道,"我问你们,到底有没有死人?"

"不知道。"

"把死人抬到这里来!你听见了吗?其他人抬上楼,抬到美术教室去!明白吗?"

"好的,好的!"

不过,我还没有死,我是属于"其他人"里面的。他们抬着我上了楼梯。先经过一条长长的灯光昏暗的过道,这里的墙壁刷成绿色,墙上钉着老式的黑色弯形挂衣钩,两扇门上都挂着搪瓷小牌,写着"六年级甲班"和"六年级乙班"。两扇门之间挂着费尔巴哈①的《美狄亚》,柔光闪烁,画中人在黑色镜框的玻璃后面凝眸远眺;随后,经过挂着"五年级甲班"和"五年级乙班"牌子的门口,这两扇门之间挂着《挑刺的少年》,这张精美的照片镶在棕色的镜框里,映出淡红色的光辉。

正对着楼梯口的地方,中央也竖立着一根大圆柱,柱子背面是一件狭长的石膏复制品,是古希腊雅典娜神庙庙柱中楣,做工精巧,色泽微黄,古色古香,逼真异常。随后见到的,仿佛也似曾相识:色彩斑斓、威风凛凛的希腊重甲胄武士,头上插着羽毛,看上去像只大公鸡。就是在这个楼梯间里,墙壁也刷成黄色,墙上也顺序挂着一幅幅画像:从大选帝侯到希特勒……

担架通过那条狭长的小过道的时候,我终于又平直地躺着了。这里有特别美、特别大、色彩特别绚丽的老弗里茨②像,他目光炯炯,身着天蓝色的军服,胸前的大星章金光闪闪。

后来,我躺着的担架又斜了,从人种脸谱像旁边匆匆而过:这里有北部的船长,他有着鹰一般的眼神和肥蠢的嘴唇;有西部的莫泽尔河流域的女人,稍嫌瘦削而严厉;有东部的格林斯人,长着蒜头鼻子;再就是南部山地人的侧面像,长脸盘,大喉结。又是一条过道,有几步路的工夫,我又躺平在担架上。没等担架拐上第二道楼梯,我就看见了小型阵亡将士纪念碑。碑顶有个很大的金色铁十字架和月桂花环石雕。

---

① 安泽尔姆·费里德里希·费尔巴哈(1829—1880),德国画家。
② 指普鲁士国王腓特烈二世(1712—1786),史称腓特烈大帝。

这一切从我眼前匆匆掠过,因为我并不重,所以抬担架的人走得很快。也许这一切都是幻觉;我在发高烧,浑身上下到处都疼。头疼,胳膊疼,腿疼,我的心脏也发狂似的乱跳。人发高烧时什么东西不会在眼前显现呢!

过了人种脸谱像以后,又另换一类:恺撒、西塞罗、马可·奥勒留的胸像复制得惟妙惟肖,深黄的颜色,古希腊、古罗马的气派,威严地靠墙一字排开。担架颤悠着拐弯时,迎面而来的竟也是赫耳墨斯圆柱。在过道——这里刷成玫瑰色——的尽头,就是美术教室,教室大门上方悬挂着伟大的宙斯丑怪的脸像;现在离宙斯的丑脸还远着呢。透过右边的窗户,我看见了火光,满天通红,浓黑的烟云肃穆地飘浮而去……

我不禁再往左边看去,又看见了门上的小牌子:"九年级甲班""九年级乙班",门是浅棕色的,散发出发霉的味道。两扇门之间挂着金黄色镜框,我从中只看得见尼采的小胡子和鼻子尖,因为有人把画像的上半部用纸条贴上了,上面写着:"简易外科手术室"……

"假如现在,"我闪过一个念头,"假如现在是……"但是多哥①的大幅风景画,现在已经出现在我眼前了,色彩鲜艳,像老式铜版画一样没有景深,印刷得十分考究。画面前

---

① 多哥位于非洲西部,一八八四年沦为德国殖民地。第一次世界大战爆发后,英、法出兵占领多哥。战后,国际联盟正式承认英、法的"委任"统治权。希特勒企图恢复德国的殖民地,故在当时学校中挂多哥的风景画,对学生进行殖民主义宣传。

端,在移民住房,以及几个黑人和一个莫名其妙持枪而立的大兵前方,是画得十分逼真的大串香蕉,左边一串,右边一串,在右边那串中间一只香蕉上,我看见涂了些什么玩意儿,莫非这是我自己干的……

但这时有人拉开了美术教室的大门,我被人从宙斯像下摇摇晃晃地抬了进去,然后,我就闭上了眼睛。我不想再看见任何东西。美术教室里散发着碘酒、粪便、垃圾和烟草的气味,而且喧闹得很。他们把我放了下来,我对抬担架的说:"请往我嘴里塞一支烟,在左上方口袋里。"

我感觉到有人在掏我的口袋,接着划了根火柴,我嘴里就被塞上了一支点着的香烟。我吸了一口,说了声:"谢谢!"

"这一切都不是证据。"我心想。毕竟每一所文理中学都有一间美术教室,都有刷成黄色和绿色的走廊,墙上也都有老式弯形挂衣钩;就连六年级甲、乙两班之间的《美狄亚》和九年级甲、乙两班之间尼采的小胡子,也不能证明我现在是在自己的母校。肯定有必须挂尼采像的明文规定。普鲁士文理中学的环境布置规定为:《美狄亚》挂在六年级甲、乙两班之间;《挑刺的少年》放在那边;恺撒、马可·奥勒留和西塞罗放在过道里;尼采挂在楼上——楼上的学生已经学习哲学了。还有雅典娜神庙庙柱中楣,一幅多哥的彩色画。《挑刺的少年》和雅典娜神庙庙柱中楣已经成了世代相传的,美好而又古老的学校摆设。而且可以肯定,一时心血来潮在香蕉上写上"多哥万岁!"的不会就是我一个。学生们在学校里闹的恶作剧也都是老一套。此外,也可能我在发烧,我在做梦。

我现在不感到疼痛了。在汽车上那会儿更受罪:每当在小弹坑上颠簸一下,我就禁不住要叫喊一次;从大弹坑上开过去,倒还好受些,汽车爬上去,又爬下来,就像在波涛里行船。现在注射剂看来已经起作用了。在路上,他们摸着黑在我胳膊上扎过一针;我感觉到针头戳进了皮肤,接着大腿以下就变得热乎乎的了。

这不可能是真的,我这样想,汽车不会跑这么远,差不多有三十公里呢。再说,你毫无感觉,除了眼睛以外,其他感官都已失去了知觉;感觉没有告诉你,现在你是在自己的学校里,在你三个月前刚刚离开的母校里。八年不是一个小数目,八年内的一切,难道你只凭一双肉眼,就都能辨认出来吗?

我闭着眼睛把这一切又回味了一遍,一个个场面像电影镜头那样掠过脑际:一楼的过道,刷成绿色;上了楼梯,这里漆成黄色,阵亡将士纪念碑,过道;再上楼梯,恺撒、西塞罗、马可·奥勒留……赫耳墨斯、尼采的小胡子、多哥、宙斯的丑脸……

我啐掉烟头,开始叫喊。叫喊几声总觉得好受些,不过得大喊大叫;叫喊叫喊真好,我发了狂似的叫着喊着。有人俯身观察我的情况,我还是不睁开眼睛;我感到一个陌生人热乎乎的呼吸,它散发着难闻的烟草和洋葱的气味,一个声音平静地问道:"怎么啦?"

"给点喝的,"我说,"再来支烟,在上面的口袋里。"

有人在我的口袋里摸着,又划了根火柴,把点着的烟塞到我的嘴里。

"我们在哪儿?"我问道。

"本多夫①。"

"谢谢!"我说完就吸起烟来。

看来我当真是在本多夫,那么说就是到家了,要不是高烧发得这么厉害,我就可以肯定自己正待在一所文理中学里——肯定是一所学校。在楼下时,不是有人在喊"其他人抬到美术教室去"吗?我属于"其他人",我还活着;显然,"其他人"就是指这些活着的人。那么,这里就是美术教室。要是我能听得真切,为什么我不好好地看看呢?那样就可以肯定了。我确实认出了恺撒、西塞罗、马可·奥勒留,只有在文理中学里才有这些;我不相信,在别的学校的走廊里也会靠墙摆上这三个家伙。

他终于给我拿水来了,我又闻到他呼出的一股洋葱加烟草的混合味儿,我不由自主地睁开眼睛:这是一张疲惫苍老的脸,没有刮胡子,身上穿着消防队的制服。他用衰老的声音轻轻地说:"喝吧,兄弟!"

我喝着,这是水,水那么甜美。我的嘴唇感觉到炊具的金属味道。想到还会有好些水要涌进我的喉咙里去,这是一种多么舒服的感觉啊!可是,那个消防队员从我嘴边把炊具拿走了。他走开了。我喊叫起来,但他头也不回,只是

---

① 德国一城市名。

困倦地耸耸肩膀,径自走开去。躺在我旁边的一个人冷静地说:"吼也没用,他们没有水了;城市在燃烧,你也看得见的。"

透过遮光窗帐,我看见了熊熊大火。黑色的窗帐外,夜空里红光和黑烟交织,就像添上新煤的炉子。我看见了:是的,城市在燃烧。

"这个城叫什么名字?"我问这位躺在我旁边的人。

"本多夫。"他回答道。

"谢谢。"

我注视着面前的这排窗户,又不时望望屋顶。屋顶依然完好无损,洁白光滑。四边镶着细长的古典式的胶泥花纹。但所有学校美术教室的屋顶都有这种拟古典花纹的,至少,在像样的老牌文理中学里是如此。这是很清楚的。

现在必须承认,我正躺在本多夫一所文理①中学的美术教室里。本多夫有三所文理中学:腓特烈大帝中学、阿尔贝图斯中学,但这最后的一所,第三所,也许用不着我讲,就是阿道夫·希特勒中学。在腓特烈大帝中学的楼梯间里,老弗里茨像难道不是特别华丽、特别大吗?我在这所中学读过八年书。那么,在其他学校里,为什么不能在同样的地点也挂上这张像呢?而且也这么清晰、显眼,你一登上二楼,它就立即映入眼帘。

现在,我听见外面重炮在轰鸣。要没有炮声,周围几乎

---

① 文理中学(Humanistisches Gymnasium),又译人文中学。

一片沉寂；只听见偶尔传来大火的吞噬声，以及黑暗中什么地方山墙倒塌的巨响。炮声从容而有节奏。我在想：多么出色的炮队啊！我知道，炮声通常都是这样的，但我还是这么想。我的上帝，多么令人宽慰，令人舒坦的炮声，深沉而又粗犷，如同柔和而近于优雅的管风琴声。它无论如何也是高雅的。我觉得大炮即使在轰鸣时，也是高雅的。炮声听起来也是那么高雅，确实是图画书里打仗的模样……接着，我想到，假如再有一座阵亡将士纪念碑落成，碑顶竖着更大的金色铁十字，并装饰着更大的月桂花环石雕，那么又该有多少人的名字要刻上去啊！我突然想到：倘若我果真是在母校，那么我的名字也将刻到石碑上去；在校史上，我的名字后面将写着："由学校上战场，为……而阵亡。"

可是，我还不知道为什么，也不知道是否当真回到了母校。我现在无论如何要把这一点弄清楚。阵亡将士纪念碑并无特色，也毫不引人注目，到处都一样，都是按一种格式成批生产的，是的，需要时，随便从哪个中心点都可以领到……

我环顾这间宽大的美术教室，可是墙上的图画都被人取下来了，角落里堆放着一些凳子，像一般的美术教室那样，为了使室内光线充足，这里有一排窄长的高窗户。从这些凳子和高窗户上能看出什么来呢？我什么也回忆不起来。如果我在这个小天地里待过，我能不回忆起什么来吗？因为这是我八年来学习画花瓶和练习写各种字体的地方，有细长精致的罗马玻璃花瓶出色的复制品，它们由美术教师陈放在教室前面的架子上,还有各种字体:圆体、拉丁印刷体、罗马体、意大利体?在学校所有的课程中,我最讨厌这门课了。我百无聊赖地度过这些时光,没有一次我能把花瓶画得像样,能把字描好。面对这回音沉闷而单调的四壁,我所诅咒的,我所憎恶的又在哪里呢?我回想不起什么来,于是默默地摇摇头。

那时,我用橡皮擦了又擦,把铅笔削了又削,擦呀……削呀……我什么也回想不起来……

我记不清是怎么受伤的;我只知道我的胳膊不听使唤了,右腿也动不了了,只有左腿还能动弹一下。我想,他们大概把我的胳膊捆在身上了,捆得这么紧,使我动弹不得。

我把第二个烟头啐了出去,落到干草垫之间的过道里。我试着要活动活动胳膊,可是疼得我禁不住要叫喊起来。我又叫喊开了,喊一喊就舒服了。另外,我也很生气,因为我的胳膊不能动弹了。

医生来到我跟前,摘下眼镜,眯着眼睛注视着我,他一句话也没说。他背后站着那个给过我水喝的消防队员。他和医生耳语了一阵,医生又把眼镜戴上,我于是清楚地看见了他那双在厚眼镜片后面瞳孔微微转动着的大眼睛。他久久地注视着我,看得那么久,使我不得不把视线移到别的地方去,这时他轻声地说:"等一会儿,马上就轮到您了……"

然后,他们把躺在我旁边的那个人抬了起来,送到木板后面去;我目送着他们。他们已把木板拉开,横放着,墙和木板之间挂着一条床单,木板后面灯光刺眼……

什么也听不见,直到床单又被拉开,躺在我旁边的那个人被抬了出来;抬担架的人面容疲倦、冷漠,步履蹒跚地抬着他朝门口走去。

我又闭上眼睛,心想:"你一定要弄清楚,到底受了什么伤;另外,你现在是不是就在自己的母校里。"

我觉得周围的一切都显得如此冷漠、如此无情,仿佛他们抬着我穿过一座死城博物馆,穿过一个与我无关的、陌生的世界,虽然我的眼睛认出了这些东西,但这只是我的眼睛。这是不可能的事:三个月前我还坐在这里,画花瓶,描字,休息时带上我的果酱黄油面包下楼去,经过尼采、赫耳墨斯、多哥、恺撒、西塞罗、马可·奥勒留的画像前,再慢慢地走到楼下挂着《美狄亚》的过道里,然后到门房比尔格勒那里去,在他那间昏暗的小屋里喝牛奶,甚至可以冒险抽支烟,尽管这是被禁止的。这怎么可能呢?他们一定把躺在我旁边的那个人抬到楼下放死人的地方去了。也许那些死人就躺在比尔格勒那间灰蒙蒙的小屋里,这间小屋曾散发着热牛奶的香味、尘土味和比尔格勒劣等烟草的气味……

抬担架的终于又进来了,这回他们要把我抬到木板后面去。现在又被摇晃着抬过门口了,在这一刹那间,我看到了肯定会看到的东西:当这所学校还叫托马斯中学的时候,门上曾经挂过一个十字架,后来他们把十字架拿走了,墙上却留下了清新的棕色痕迹,十字形,印痕深而清晰,比原来那个旧的、浅色的小十字更为醒目;这个十字印痕干净而美丽地留在褪了色的粉墙上。当时,他们在盛怒之下重新把墙刷了一遍,但无济于事,粉刷匠没有把颜色选对,整面墙刷成了玫瑰色的,而十字呈棕色,依旧清晰可见。他们咒骂了一阵,但也无济于事,棕色的十字仍清晰地留在玫瑰色的墙上。我想,他们准是把涂料的经费都用完了,因此再也无计可施。十字还留在这里,假如再仔细地看看,还可以在右边的横梁上看到一道明显的斜痕,这是多年来挂黄杨树枝的地方。那是门房比尔格勒夹上去的,那时还允许在学校里挂十字架……

当我被抬过这扇门,来到灯光耀眼的木板后面时,就在这短短的一秒钟内,我突然回忆起了这一切。

我躺在手术台上,看见自己的身影清晰地映照在上面那只灯泡的透明玻璃上,但变得很小,缩成一丁点儿的白团团,就像一个土色纱布襁褓,好似一个格外嫩弱的早产儿。这就是我在玻璃灯泡上的模样。

医生转过身去,背朝着我站在桌旁,在手术器械中翻来翻去。身材高大而苍老的消防队员站在黑板前,他向我微笑着,疲倦而忧伤地微笑着,那张长满胡子茬的肮脏的脸,像是睡着了似的。我的目光扫过他的肩膀投向木板上了油漆的背面。就在这上面我看见了什么,自我来到这个停尸间之后,它第一次触动了我的心灵,震撼了我内心某个隐秘的角落,使我惊骇万状,我的心开始剧烈地跳动:黑板上有我的笔迹。在上端第一行。我认出了我的笔迹,这比照镜子还要清晰,还要令人不安,我不用再怀疑了,这是我自己的手迹!其余的一切全都不足为凭,不论是美狄亚还是尼采,也不论是迪那里山地人的侧面照片,或是多哥的香蕉,连门上的十字印痕也不能算数。这些在别的学校里也都是一模一样的,但我决不相信在别的学校有谁能用我的笔迹在黑板上写字。仅仅在三个月以前,就在那绝望的日子里,我们都必须写下这段铭文。现在这段铭文还依旧赫然在目:"流浪人,你若到斯巴……①"哦,我现在想起来了,那时因为黑板太短,美术教师还骂过我,说我没有安排好,字体写得太大了。他摇着头,自己却也用同样大的字在下面写了:"流浪人,你若到斯巴……"

这里留着我用六种字体写的笔迹:拉丁印刷体、德意志印刷体、斜体、罗马体、意大利体和圆体。清楚而工整地写了六遍:"流浪人,你若到斯巴……"

医生小声把消防队员叫到他身边去,这样我才看见了整个铭文,它只差一点就完整无缺了,因为我的字写得太大,占的地方也太大了。

我感到左大腿上挨了一针,全身猛地震颤了一下,我想抬起身子,可是坐不起来;我向自己的身子望去,现在我看到了,因为他们已经把我的包扎解开了,我失去了双臂,右腿也没有了!我猛地仰面躺了下来,因为我不能支撑自己。我失声呼叫,医生和消防队员愕然地望着我。可是,医生只耸了耸肩膀,继续推他的注射器,筒心缓缓地、平稳地推到了底。

---

① 公元前四八〇年,波斯人侵希腊,三百名斯巴达战士扼守温泉关,奋战阵亡。后来,希腊人立碑以资纪念,碑上的铭文是:"流浪人,你若到斯巴达,请报告那里的公民们,我们阵亡此地,至死犹恪守他们的命令。"

我又想看看黑板,可是现在消防队员就站在我跟前,把黑板挡住了。他紧紧地按住我的肩膀,我闻到的是一股烟熏火燎的煳味和脏味,这是从他油腻的制服上散发出来的。我看到的只是他那张疲惫忧伤的面孔,现在我终于认出他来了——原来是比尔格勒!

"牛奶。"我喃喃地说……

黄文华　译

在裴多茨基喝酒

那个士兵感觉到,他现在终于喝醉了。同时,他又完全清醒地想起来,他没钱付账,口袋里一分钱都没有了。他的想法跟他的观察一样清晰,他把一切都看得很清楚;胖胖的老板娘是个近视眼,她坐在昏暗的吧台后面,正在仔细地织着毛衣;她同时还在跟一个留着匈牙利式大胡子的男人小声地聊着天:他长着一张纯粹的匈牙利面孔,一看就让人想起那里迷人的草原、辣椒和轻歌剧,老板娘一脸诚实,看上去像个德国人,相对于这个士兵对匈牙利女人的想象来说,她长得过于正直和不懂变通了。两个人用一种听不懂的语言在交谈,听起来像在漱口,很有激情,很陌生也很好听。屋外通往火车站的林荫道上密密地种着很多栗子树,它们让屋子里充满了稠密的绿光:一种美妙的深深的暮光,看上去是苦艾酒的颜色,给人一种珍贵的舒适感。那个留着漂亮大胡子的男人半坐在椅子上,身体惬意地靠在吧台上。

虽然士兵把这一切都看得很清楚,但他知道,他已经没法自己稳稳地走到吧台那儿去了。还得再坐一会儿,他想,接着他大声地笑起来,喊了一句:"你好!"冲着老板娘举起酒杯,用德语说了句,"再来一杯。"老板娘慢慢地从椅子上站起身,慢慢地把手里的织针放下,拿着酒瓶向他走过去,同时,那个匈牙利人也转过身,仔细打量着士兵胸前的勋章。老板娘走起路来有点蹒跚,她身材又宽又胖,面相和善,看上去心脏不太好;她戴着一副厚厚的夹鼻眼镜,黑色的眼镜绳已经有些旧了。她的双脚看上去有点疼;当她往杯子里添酒的时候,一只脚踮着,一只手撑着桌子;添完酒,她说了一句含糊不清的匈牙利话,意思肯定是"干杯"或者"祝你健康"之类,或者也许就是表达一种亲切的母亲般的温柔,像她这样的老妇人常常给士兵们这样的关心……

士兵点着一根烟,拿起杯子喝了一大口。渐渐地,酒馆开始在他眼前旋转;胖胖的老板娘倒挂在屋子里,生了锈的旧吧台竖着立了起来,那个喝得不多的匈牙利人像个被调教过的猴子似的,在屋子里手舞足蹈、上蹿下跳。下一秒钟,所有这一切又全部颠倒过来,士兵大声笑着,喊着"干杯!"接着喝上一口,又再喝一口,重新点着一根烟。

门口又进来一个匈牙利人,又矮又胖,长着一张狡猾的洋葱脸,上唇留着一撮小胡子。他重重地呼了一口气,把帽子扔在一张桌子上,一屁股在吧台前坐下。老板娘给他上了一杯啤酒……

三个人愉快地小声闲聊着,声音听上去好像是从另一个世界边缘传来的轻声哼唱。士兵又喝了一大口,杯子空了,一切都归于原位。

士兵差不多开心了,他又举起杯子,笑着说:"再来一杯。"

老板娘给他满上。

现在,我差不多喝了十杯葡萄酒了,士兵心想,我可以结束了,喝得很好,我都有点开心了。绿色的暮光愈发深重了,酒馆其他角落已经洒满了无法看透的深蓝色的光影。这里居然没有恋人,士兵心想,罪过啊。在这样绿色和蓝色的暮光里,这迷人的酒馆多适合恋人啊。真是替那些现在不得不在外面到处闲坐和奔波的恋人可惜,这酒馆才应该是闲聊、喝酒、接吻的地方啊……

我的天啊,士兵心想,这会儿应该有点音乐,所有这些美好的、深绿色的、深蓝色的角落里都该坐满了恋人,而我,我该唱一首歌。该死的,他想,我真应该唱一首歌。我很开心,我要给所有的恋人献歌一曲,那样我就不用再去想这场战争,现在我总是会时不时想到这场该死的战争。

同时,他仔细地观察着手表,表上显示现在七点半了。他还有二十分钟时间。接着,他深深地喝了一口酸涩和冰凉的酒,这让他仿佛戴上了一副更加清晰的眼镜:一切在他看起来更近、更清楚,也更稳定了,他差不多已经满是醉意了,美妙的、漂亮的醉意。现在,他看到吧台边坐着的两个男人都很穷,要么是工人,要么是放牧的,他们的裤子都磨破了,满脸疲倦的样子,就算是留着狂野的大胡子和长了一张狡猾的面孔,他们还是一脸顺从……

该死的,士兵心想,那时候可真是太可怕了,外面很冷,我还得走,那儿全是雪,太明亮了,我们还有几分钟时间,没有一个昏暗的、美好的、人性的角落能让我们接吻和拥抱。

一切都太亮了,太冷了……

"再来一个!"他对老板娘喊道;她走近的时候,他看了看表:他还有十分钟时间。当老板娘要往他半满的杯子里添酒的时候,他把手盖在杯子上面,笑着摇摇头,用大拇指和食指做了一个点钱的动作。"结账,"他说,"多少帕戈?"

接着,他非常缓慢地脱下夹克,把那件很棒的灰色高领毛衣脱下来,把它放到桌子上手表的前面。那两个男人突然沉默下来,看着他,老板娘看上去也吓了一跳。她小心翼翼地在桌上写了个"14"。士兵一只手抓着她粗胖又温暖的手臂,用另一只手举起那件毛衣,笑着问道:"值多少?"他又用大拇指和食指做了点钱的动作,补充说,"帕戈。"

老板娘摇着头看着他,但他耸耸肩,意思是告诉她,他没有钱,接着,她犹豫地拿起那件毛衣,把它翻了个面,用心地检查了一遍,甚至还闻了闻。她轻轻地皱了皱鼻子,微笑着用圆珠笔快速地在"14"边上写了个"30"。士兵把手从她温暖的手臂上松开,向她点点头,拿起杯子又喝了一口。

当老板娘走回柜台开始跟那两个匈牙利人继续聊天的时候,士兵张嘴唱起歌来,他唱的是《在斯特拉斯堡的城堡上》,他忽然感觉自己唱得特别好,有生以来第一次那么好,他同时也感觉醉得又更深了一些,一切又开始轻微地晃动起来,当他微笑着把老板娘放在他桌子上的钱放进口袋里,他又一次看了看手表,确定自己还有三分钟时间用来唱歌和开心,于是开始唱一首新的歌:《因斯布鲁克,我得离开你了》……

酒馆里变得非常安静,那两个穿着破裤子、满脸倦容的男人转向他,老板娘也在回吧台的中途停下来,像个孩子一样安静认真地听他唱歌。

　　接着,士兵把杯子里的酒喝完,又点上一根烟,他现在觉得有点晃悠。但在他出门之前,他拿出一张钞票放到吧台上,对着那两个男人示意说:"我请你们再喝一个。"三个人盯着他的背影,他终于打开门,要走进那条通往火车站的栗子树林荫道,林荫道下是珍贵的、深绿色的、深蓝色的树影,那里本该是告别时用来接吻和拥抱的地方……

邱袁炜　译

我们的好勒妮,我们的老勒妮

如果上午快十点或者十一点去找她,她看起来就像个十足的邋遢鬼。那件随意的大花罩衫根本罩不住她又胖又圆的肩膀,掉了漆的卷发夹子挂在她松软的头发上,就像铅锤吊在沾着污泥的海藻上一样,她面部表情很浮夸,领口周围还沾着早餐面包的碎屑。她也毫不掩饰自己早晨的丑态,因为她只接待特定的客人——通常只有我——,她了解他们,他们不是因为她的女性魅力而来,而是奔着她的好酒来的。她的酒很不错,也很贵;那时候,她那儿有很棒的干邑白兰地,此外,她还让赊账。到了晚上,她可真的是光芒四射。她把自己裹得很好,肩膀结实,胸脯高耸,她还会在头发和眼睛上弄上点亮闪闪的玩意儿,几乎没有人能抵挡得了她的魅力,我成为她少数几个在上午接待的客人里的一个,也许是因为她知道,即使在晚上,我对她的美也常常可以做到无动于衷。

上午,差不多十点或者十一点,她是丑陋的。那会儿,她心情也不好,充满道德感,对自我有着深刻的评判。每当我敲门或者按响门铃(她更愿意我敲门,她说"这听上去那么亲密"),过一会儿,我就能听见她拖着地的脚步声,毛玻璃门后的窗帘被拉到一边,我就能看到她的影子;她透过门上的花纹看了看,接着我就听见她低沉的喃喃自语:"噢,你来了。"她把门闩推到一边。

她看上去的确让人厌恶,但那是这个有着三十七幢脏兮兮的房子和两座废弃城堡的地方唯一能去的酒馆,她的酒很不错,她还让赊账,除了这些优点外,她还能跟大家都聊得很好。昏昏沉沉又无聊的上午转瞬即逝。当我们远远地听到连队唱着歌收队回来,我一般就该走了,在这个可怕的穷乡僻壤一成不变的、懒散的寂静里,歌声越来越近,每当听到那同样一成不变的歌声,都给人一种毛骨悚然的感觉。

她每次都说:"这该死的,战争。"

然后,我们会一起观察这支连队:中尉、中士、二级下士、列兵,看他们每个人如何带着闷闷不乐的面孔、疲惫地从毛玻璃窗户前走过,我俩是透过花纹来观察的。在玫瑰和郁金香的纹饰之间,有一整条清晰的玻璃,透过它可以看见他们所有人,一排接着一排,一张脸接着一张脸,所有人都郁郁寡欢、饥肠辘辘、无精打采。

她几乎认识他们每个人,真的是每个人。连禁酒主义者和绝对的仇女分子她都认识,因为那是这个地方唯一能去的酒馆,即便是最坚定的禁欲者,有时候总还有喝一碗拙劣的热汤和喝一杯柠檬水的需求吧,如果他被关在这个只有三十七幢肮脏的房子和两座废弃城堡的小村子里,而这个小村子又深陷泥潭、看上去要在懒惰和无聊中解体,那也许晚上他会干脆来上一杯葡萄酒……

但是,她不光是认识我们连队的人,她还认识这个军团各营所有的一等连队,因为根据一份规划详细的战斗计划,各营的各一等连队每隔一段时间都要轮番回到这个小村子,进行为期六周的休整补给。

那时候,当我们第二次去那里进行带有训练任务的无聊休整时,她已经开始走下坡路了。她已经放弃自我了。她现在通常睡到十一点才起,中午的时候穿着睡衣卖点啤酒和柠檬水,下午就关门歇了,因为工作时间整个村子就像一个漏空了粪坑一样,空空荡荡——等她无所事事地耗完整个下午,大概晚上七点再开门营业。除此之外,她对收入也不再关心了。她把钱借给所有人,跟所有人喝酒,拖着肥胖的躯体来者不拒地跟人跳舞,接着怪声怪气地唱歌,每当晚点名号响起,她便陷入痉挛一般的啜泣中。

那时候,当我们第二次去那个村子里休整时,我正好请了病假。我给自己选了一种病,军医看不了,必须得让我去亚眠或者巴黎看专科医生。当我十点半敲响她的门的时候,我心情很好。村子里整个都是安静的,空荡荡的街道上全是烂泥。我和以前一样听见拖鞋拖着地的声音,拉开窗帘的簌簌声,还有勒妮的喃喃自语:"噢,你来了。"她脸上闪过一丝喜悦。"噢,你来了。"门打开的时候,她又重复了一遍,"你们又来了?"

"是的,"我说着把帽子扔到一张椅子上,跟着她走了进去,"把你这儿最好的酒拿出来。"

"我这儿最好的?"她不知所措地问道。

她在罩衫上把手擦干净。"我刚才正在削土豆皮,不好意思。"接着,她才把手伸给我;她的手还是那么小而结实,一只漂亮的手。我从里面把门闩拉好,在一张吧台凳上坐了下来。

她非常拿不定主意地在吧台后面站着。

"我这儿最好的?"她不知所措地问道。

"是的,"我说,"去拿吧。"

"嗯,"她一边拿,一边说道,"但是那很贵啊。"

"没事,我有钱。"

"好。"她把手在罩衫上又擦了擦。苍白的双唇之间的露出的舌尖看上去是不知所措的表现。

"我把土豆拿着坐你那儿,你会反对吗?"

"不会,"我说,"去拿吧,跟我一起喝一杯。"她消失在通往厨房的那扇掉漆的褐色窄门后面,我环顾了一下四周。这儿的一切都还跟去年一样。吧台上方挂着她那个所谓丈夫的画像,一个英俊的海军士兵,留着黑色的小胡子,一张彩色的照片,上面是一个套着救生圈的小伙子,救生圈上画着"国家"两个字。这个小伙子有一双冷酷的眼睛,野蛮的下巴和一张非常爱国的嘴。我不喜欢他。边上还挂着一些花儿的图片和一对情侣的接吻照。一切都跟去年一样。也许陈设变得破旧了些?但它们还能变得更破旧吗?我坐的这张吧台椅有一条腿是用胶水粘过的——我还记得很清楚,这是弗里德里希和汉斯为了一个叫丽赛特的丑女孩打架时候弄坏的——这条椅子腿上还留着胶水的痕迹,忘了用砂纸把它擦去。

"樱桃白兰地。"勒妮说,她左手拿着酒瓶,右手夹着一个盆子,里面盛着土豆和土豆皮。

"这酒好吗?"我问。

她咂了咂嘴:"质量是最好的,亲爱的,真的不错。"

"请倒上吧。"

她把酒瓶放在吧台上,把盆子搁到吧台后面的一个小凳子上,从柜子里拿出来两个杯子。接着,她把那红色的玩意儿倒了进去。

"干杯,勒妮。"我说。

"干杯,我的小伙子!"她说。

"现在跟我说点什么吧。没什么新鲜事吗?"

"唉,"她一边说,一边灵巧地削着土豆皮,"没什么新鲜事。有人又欠着钱跑了,他们把我很多杯子打碎了。那个好心的杰奎琳又生了一个孩子,但不知道是谁的。雨下过了,天又晴了,我已经成了一个老太太了,想要离开这里了。"

"你要离开这里,勒妮?"

"是的,"她平静地说,"你要相信我,这里已经没什么意思了。年轻人越来越穷,也越来越调皮,酒的质量越来越差,也越来越贵。干杯,我的小伙子!"

"干杯,勒妮!"

我们俩喝着这劲儿挺大的红色玩意儿,果真不错,很快我又倒了一杯。

"干杯!"

"干杯!"

"今天,"她说着把最后一个削好皮的土豆扔进一个放了一半水的水壶里,"这些够用了。现在,我要去把手指洗洗,省得让你闻到土豆味。土豆不是很难闻吗?你发没发现,土豆皮很难闻?"

"是的。"我说。

"你是个好小伙儿。"

她又一次消失在厨房里。

这个樱桃酒确实不错。一团樱桃味的甜蜜火焰流进我的身体,让我忘了这场肮脏的战争。

"这样子我会更招你喜欢,对吧?"

她穿着一件黄色的衬衫在门里站着,非常得体,闻得出来,她的手指用很好的肥皂洗过了。

"干杯!"我说。

"干杯!"她说。

"你真的要走?你不会是认真的吧?"

"是的,"她说,"我百分百是认真的。"

"干杯。"我说着要给她倒上酒。

"别了,"她说,"让我喝点柠檬水吧,我早上喝不了酒。"

"好,但是说说吧。"

"是的,"她说,"我再也受不了了。"她看着我,她浑浊、夸张的眼睛里有一种深深的恐惧。"听着,我的小伙子,我再也受不了了。这种寂静把我弄疯了。你听。"她紧紧地抓住我的手臂,我吓了一跳,认真地听起来。奇怪的是,什么也听不见,但那也不是寂静,空气中有一些不可名状的东西,像是有水在流动:寂静之声。

"听到没有,"她说,她的声音里带着一点得意,"这里就像一个粪堆。"

"粪堆?"我问,"干杯!"

"是的,"她说着喝了一口柠檬水,"和粪堆一个样,这个声音。我是从农村来的,你知道,北面迪耶普的一个小地方,我还在老家的时候,晚上躺在床上,听得很清楚:寂静,但又不静。后来我知道了,当人们觉得安静的时候,粪堆会发出这种不确定的破裂声、流水声、摩擦声、吧嗒声。粪堆可没歇着,它们一直没歇着,就和这种声音一模一样。你听!"她又紧紧地抓住我的手臂,用她浑浊、夸张的眼睛恳切地看着我……

但我给自己又倒了一杯,说道:"是的。"虽然我懂她的意思,也听到了这种奇怪的、看上去又毫无意义的寂静之声,但我并不像她一样害怕,在这场肮脏的战争中间,上午十一点钟,我坐在这又脏又破的地方和一个绝望的酒馆老板娘喝着樱桃白兰地,虽说一切都毫无希望可言,但我觉得很安心。

"别说话,"她接着说,"你现在听。"我听到远处传来跟往常一样的单调的歌声,那是连队收队回来了。

但是,她捂住了耳朵。

"不要,"她说,"不要听到这个!这是最糟糕的。每天上午这个时候都是这种无精打采的歌声,这把我逼疯了。"

"干杯,"我笑着说道,接着又给自己倒了一杯,"听听吧。"

"不要,"她喊道,"这就是为什么我要走,我被它弄得整个人都不好了。"

她坚决地捂着耳朵,而我对着她笑笑,接着喝酒,歌声越来越近,在村子的寂静中,这歌声听起来确实有点危险。军靴的声音现在也变得很大,还有二级下士们在不唱歌的间歇冒出的咒骂声,和中尉的喊声:"唱齐,唱齐!"他总是能有力气和心情去这么喊。

"我再也受不了了,"勒妮低声地说,她已经累得要哭出来了,还坚强地捂住耳朵,"住在粪堆上面听他们唱歌,这要让我崩溃了……"

当他们走过门口,这回我独自站到窗户前面,一排接着一排,一张脸接着一张脸,又饿又累,痛苦到几乎兴奋的脸,无精打采,郁郁寡欢,眼神深处透着恐惧……

当歌声渐渐消失,他们开始齐步前进的时候,我对勒妮说:"过来。"我把她的手从耳朵上拿下来。"别那么傻。"

"不,"她顽固地说,"我不傻,我要离开这里,在迪耶普或者阿布维尔随便找个地方开个电影院。"

"那我们怎么办,你想想我们。"

"我的侄女会过来,"她看着我说,"一个漂亮的年轻的小东西,她会让这里火起来,我已经决定把店给她了。"

"什么时候?"我问。

"明天。"

"就在明天?"我吓了一跳。

"嗯,"她笑着说,"她又年轻又漂亮。你来看!"她从抽屉里拿出一张照片,但照片上的女孩看上去一点也不讨人喜欢,她是年轻,是漂亮,但很冷漠,她跟吧台上面那张照片里套着救生圈的那个男人一样,长着一张爱国的嘴……

"干杯,"我悲伤地说,"就在明天。"

"干杯。"她说着给她自己也倒了一杯。

酒瓶已经见底了,我坐在吧椅上,开始摇晃,像一艘深海大浪里的船,但我的脑袋是很清楚的。

"结账吧。"我说。

"三百块。"她说。

但当我把钱掏出来的时候,她十分突然地摆了摆手,说道:"不用了,算了吧,就当告别了。你是唯一一个我有点喜欢过的客人。如果你愿意,来我侄女这儿喝吧。明天。"

"再见。"她向我挥手告别,出门的时候,我看见她把杯子放进一个不锈钢盆里去洗,我知道,她的侄女不会有一双像她这么漂亮、小巧和结实的手,因为双手就跟嘴巴一样,如果她有一双爱国的手,那一定很可怕……

邱袁炜　译

孩子也是平民

"这可不行。"哨兵不开心地说道。

"为什么?"我问。

"因为这是不允许的。"

"为什么这是不允许的?"

"嘿!因为病人不允许出去。"

"我,"我骄傲地说道,"我只是受了伤而已。"

哨兵轻蔑地看着我:"你肯定是第一次受伤。要不然,你就该知道,伤员也是病人,赶紧给我回去。"

但是,我并不懂他这话的意思。

"你知道吗?"我说,"我就是想从那边那个女孩那儿买点蛋糕罢了。"

我指了指外面,一个漂亮的俄国女孩在暴风雪中站着卖蛋糕。

"你给我进去!"

雪无声地落在校园黑色操场上的大水坑里,那个女孩耐心地站着,嘴里轻轻不停地喊着:"蛋糕……蛋糕……"

"天哪,"我跟哨兵说,"我的口水都要流出来了,要不让那小姑娘进来吧。"

"平民不得入内。"

"真是的,"我说,"她只不过是个孩子。"

他又一次轻蔑地看着我:"孩子也是平民,不是吗?"

这可真让人绝望,昏暗的街道上落满了雪,空空荡荡的,虽然一个过路的人也没有,那女孩还独自一人站在那儿,嘴里轻轻不停地喊着:"蛋糕……"

我想直接就冲出去,可是被哨兵一把抓住,他怒了。"你他妈的,"他喊道,"现在给我滚回去。不然,别怪我找人收拾你。"

"你就是个畜生。"我愤愤地说。

"是吧,"哨兵心满意足地说,"但凡都点职责观念的人,在你们看来都不是人。"

我在大雪里又站了半分钟,看着洁白的雪花是怎么一点点变成肮脏的污水;整个操场都布满了水坑,中间连一片绵白糖似的雪都没积起来。忽然,我看见这个漂亮的小姑娘对我眨了眨眼睛,若无其事地沿街走了下去。我也跟着走到了围墙的内侧。

"该死的,"我想,"我是不是真的病了?"紧接着我就看见男厕所旁边的墙上有一个洞,小女孩正拿着蛋糕站在洞前面。哨兵看不见我们在这儿。元首赐予他纪律观念吧,我想。

蛋糕看上去太棒了:杏仁饼干和黄油酥皮蛋糕,小麦圆饼和坚果酥,油光闪闪。"它们怎么卖?"我问小女孩。

她微微一笑,把篮子向我递了过来,用她可爱的声音说道:"三块五毛钱一块儿。"

"每种都是吗?"

"嗯。"她点点头。

雪花落在她金黄纤细的头发上,像是洒上一层转瞬即逝的银灰;她的微笑沁人心脾。她身后的街道晦暗无人,世界像是已经死去……

我付钱买了一块小麦圆饼。这玩意儿挺好吃的,里面还放了杏仁粉。"怪不得,"我想,"它跟别的一样价钱。"

小女孩微微一笑。

"好吃不?"她问,"好吃吗?"

我只是点了点头:我一点儿也没觉得冷,我头上绑着厚厚的绷带,看上去就跟特奥多·柯尔纳①一样。我又尝了一块酥皮蛋糕,让这好东西慢慢地在嘴里融化。我又馋了……

"来,"我小声地说,"你一共有多少,我全要了。"

她伸出有些脏脏的柔嫩的小食指,开始仔细地点起数来,我在一边又吞下了一块坚果酥。四周很静,我感觉空气中有人在轻柔地编织着雪花。她数得很慢,还数错了几回,我静静地站在一旁,又吃了两块下去。忽然,她抬起目光,直直地盯着我看,眼神里充满了惊惧,双瞳圆睁,眼白是跟脱脂奶一样的浅蓝色。她用俄语对着我叽叽喳喳地说着什么,但我只能微笑着耸耸肩,接着她弯下腰,用她脏脏的手指在雪里写了一个"45";我跟她比了比五根手指,说:"把篮子也给

---

① 特奥多·柯尔纳(1791—1813),德国爱国诗人。

我,可以吗?"

她点点头,小心翼翼地把篮子从洞里给我递过来,我给她递出去两张一百马克。我们有的是钱,俄国人能出七百马克买一件我们的大衣,而三个月以来,我们能见到的只有龌龊和鲜血,一些妓女和钱……

"你明天还来,对吗?"我轻声说,但她不再听我讲话,轻巧地走开了,当我难过地把头伸出墙洞,小女孩已经消失不见,我只看到寂静的俄国街道,昏暗且空空如也;平顶的房子看着似乎要被雪覆盖。我像动物一样,久久地站在那里,用悲伤的眼睛望着围篱外的世界,直到我的脖子都僵硬了,才把头缩回这个牢狱。

角落里传来一股恶心的味道,这时我才意识到那是男厕所,而雪已经给漂亮的小蛋糕们覆上了一层柔和的糖霜。我疲倦地拎起篮子,向屋里走去;我一点也不冷,我看着就像特奥多·柯尔纳一样,似乎还能再在雪地里站上一个小时。我走,只是因为我必须得往哪儿走走。人总得往哪儿走走吧,必须得这样。是的,人不能原地不动,那样就要让雪给埋了。人必须得往哪儿走走,即使是一个身处陌生、黑色、灰暗之地的伤员……

邱袁炜　译

游乐场

这个没有下半身的女人被证明是我见过的最有魅力的女人之一,她戴一顶迷人的墨西哥式草帽,坐在露台上阳光晒得到的那一侧,看上去就是个朴素的家庭主妇,露台被安置在她那辆房车的边上。她的三个孩子正在露台下面玩着一个非常独特的游戏,他们把它叫作"尼安德特人"。两个小一点的孩子,一个男孩和一个女孩,他俩得扮演一对尼安德特人夫妻,最大的那个,一个八岁的金发小调皮,他在游戏里要扮演的是"胖苏茜"的儿子,这个角色是一位发现了尼安德特人的现代研究者。他想要使尽全力把他弟弟妹妹的下颌卸下来,好把它们带去他的博物馆。

因为吵闹的叫喊声让我们刚刚开始的谈话不得不停下来,这个没有下半身的女人用她的木头鞋底在露台的地板上敲了好几下。

最大那个孩子的脑袋出现在低矮的露台栏杆上方,栏杆上装点着开得正红的天竺葵,孩子喃喃地问道:"怎么啦?"

"别烦人,"他妈妈说,她温柔的灰色眼睛里压抑着笑意,"玩一下地堡或者一无所有游戏。"

男孩闷闷不乐地嘟囔了几句,听上去说的像是"胡说八道",就跑开了,在下面喊着:"着火了,整个房子都着啦。"可惜我没能看到"一无所有"这个游戏是怎么玩的,因为这个没有下半身的女人比刚才更加尖锐地看着我;温暖的大太阳照过她的帽子,宽宽的帽边在她的脸上投下了影子,她实际看上去要年轻得多,要知道她已经是三个孩子的妈妈,而且每天还要在五场演出里完成没有下半身的女人的艰巨任务。

"您是……"她说。

"什么也不是,"我说,"彻头彻尾的什么也不是。您把我看作是什么也不是的代表……"

"您也许,"她平静地继续说道,"做过黑市商人。"

"是的。"我说。

她耸了耸肩。"没什么太多可做的。就算我们能用得上您,但这样一来,您就必须得工作了。工作,您明白吗?"

"我的女士,"我回答道,"也许您把黑市商人的生活想象得太好了。我,这么说吧,我之前是在前线拿命换钱。"

"什么?"她又用木头鞋底敲了敲露台的地板,因为孩子们又在那儿不停地大声嚷嚷。那个男孩的脑袋又一次出现在阳台栏杆的上方。

"现在呢?"他问得很干脆。

"现在你们玩逃亡游戏,"女人平静地说,"你们必须得从着火的城市里跑出去,你懂吗?"

男孩的脑袋又一次消失了,女人问我:"什么?"

哦,她并没忘记刚才说到哪儿了。

"太危险了,"我说,"我觉得太危险了。您觉得这是一份轻松的生计吗?"

"在街角吗?"

"可以说是在火车站,您知道吗?"

"知道。那现在呢?"

"我就想找一份活计。我不懒,我一点儿都不懒,我的女士。"

"打断您一下。"她说。她转过身,留给我温柔的侧影,对着房车喊,"卡里诺,水还没烧好吗?"

"等会儿,"一个冷淡的声音喊道,"我已经在泡茶了。"

"你一起喝点吗?"

"不了。"

"那请你拿两个茶杯过来。您一起喝一杯吧。"

我点了点头。"我请您抽根烟。"

露台下又开始大声嚷嚷,我们说话都听不清。这个没有下半身的女人探身越过种着天竺葵的花盆,喊道:"你们必须得逃跑,快,快……俄国人已经到村口了……"

"我的丈夫,"她转过身说道,"不在,但人事问题我可以……"

我们被卡里诺打断了,一个瘦削、安静、黝黑的小伙子,头上戴了一个发网,他把茶杯和咖啡壶给我们端来了。他怀疑地看着我。

"你为什么不喝一点?"女人问他。他把东西放下就走开了。

"没兴趣。"他含糊地说道,便消失在房车里。

"人事问题我可以说了算,不过你总得会点什么。什么也不是也没有关系。"

"我的女士,"我谦卑地说,"也许我能给自行车上润滑油,或者搬家,开拖拉机或者给大力士当肉靶子……"

"开拖拉机,"她说,"这不算什么,给自行车上润滑油只是小把戏。"

"或者制动,"我说,"给海盗船制动……"

她傲慢地向上挑了挑眉毛,第一次有些轻蔑地看着我。"制动,"她冷冷地说,"是一种科学,我猜,你会把所有人的脖子弄折的。卡里诺就是干这活儿的。"

"或者……"我犹犹豫豫地还想提建议,但这时一个深色头发、额头上有块疤的小姑娘努力地从小台阶上走了上来,这小台阶让我想起轮船的舷梯。

她冲进妈妈的怀里,愤愤地啜泣着:"我死了……"

"什么?"这个没有下半身的女人吃惊地问道。

"我是逃亡的小孩,冻死了,弗雷迪要把我的鞋子和所有的东西都卖了换钱……"

"是这样的,"母亲说,"如果你们玩逃亡游戏的话。"

"但我,"那个孩子说,"我总是要死。我一直都是要死的那一个。每次我们玩轰炸、战争或者走钢丝游戏,死的那一个总是我。"

"跟弗雷迪说,该他死了,我应该跟你们说的,你们要轮流着死。"小姑娘跑开了。

"或者什么?"这个没有下半身的女人问我。哦,她不会轻易忘记刚才说到哪儿了。

"或者钉钉子,削土豆皮,分汤,这是我能想起来的,"我绝望地大声说道,"请您给我一个机会吧……"

她把烟点上,给我们的杯子里添满茶水,微笑着,长时间地看着我,她说:"我会给您一个机会。您会算数,对吧,可以说这也算是您迄今为止的职业了,那么……"——她停顿了一会儿——"我把售票处交给您。"

我什么话也说不出来,我真的无语了,我只是站起来,吻了她的小手。接着,我们都沉默了,四周很安静,除了车里传出来的卡里诺轻柔的歌声,从这歌声里我可以推断出,他在刮胡子……

邱袁炜　译

在桥边

他们替我缝补了腿,给我一个可以坐着干的差使:要我数在一座新桥上走过的人。他们以用数字来表明他们的精明能干为乐事,一些毫无意义的空洞的数目字使他们陶醉。整天,整天,我的不出声音的嘴像一台计时器那样动着,一个数字接着一个数字积起来,为了在晚上好送给他们一个数字的捷报。当我把我上班的结果报告他们时,他们的脸上放出光彩,数字愈大,他们愈加容光焕发。他们有理由心满意足地上床睡觉去了,因为每天有成千上万的人走过他们的新桥……

但他们的统计是不准确的。我很抱歉,但它是不准确的。我是一个不可靠的人,虽然我懂得,怎样唤起人们对我有诚实的印象。

我以此暗自高兴,有时故意少数一个人;当我发起怜悯来时,就送给他们几个。他们的幸福掌握在我的手中。当我恼火时,当我没有烟抽时,我只给一个平均数,当我心情舒畅、精神愉快时,我就用五位数字来表示我的慷慨。他们多么高兴啊!每次他们郑重其事地从我手中把结果拿过去时,眼睛闪闪发光,还拍拍我的肩膀。他们什么也没有料想到!

然后,他们就开始乘啊,除啊,算百分比啊,以及其他我所不知道的事情。他们算出,今天每分钟有多少人过桥,十年后将有多少人过桥。他们喜欢这个未来完成式,未来完成式是他们的专长——可是,抱歉得很,这一切都是不准确的……

当我的心爱的姑娘过桥时——她一天走过两次——我的心简直就停止了跳动。我那不知疲倦的心跳简直就停止了突突的声音,直到她转入林荫道消失为止。所有在这个时间内走过的人,我一个也没有数。这两分钟是属于我的,完全属于我一个人的,我不让他们侵占去。当她晚上又从冷饮店里走回来时——这期间我打听到,她在一家冷饮店里工作,当她在人行道的那一边,在我的不出声音、但又必须数的嘴前走过时,我的心又停止了跳动;当不再看见她时,我才开始数起来。所有一切有幸在这几分钟内在我蒙眬的眼睛前面一列列走过的人,都不会进入统计中去而永垂不朽了:他们全是些男男女女的幽灵,不存在的东西,都不会在统计的未来完成式中一起过桥了……

这很清楚,我爱她。但她什么也不知道,我也不愿意让她知道。她不该知道,她用何等可怕的方式把一切计算都推翻了,她应该无忧无虑、天真无邪地带着她的长长的棕色头发和温柔的脚步走进冷饮店,她应该得到许多小费。我在爱她。这是很清楚的,我在爱她。

最近,他们对我进行了检查。坐在人行道那一边数汽车的矿工及时地警告了我,我也就分外小心。我像发疯似的数着,一台自动记录公里行程的机器也不可能比我数得更好。

那位主任统计员亲自站在人行道的那一边数,然后拿一小时的结果同我的统计数字相比较。我比他只少算了一个人。我心爱的姑娘走过来了,我一辈子也不会把这样漂亮的女孩子转换到未来完成式中去;我这个心爱的小姑娘不应该被乘、被除、变成空洞的百分比。我的心都碎了,因为我必须数,不能再目送她过去,我非常感激在对面数汽车的伙计。这直接关系到我的饭碗问题。

主任统计员拍着我的肩膀,说我是个好人,很忠实、很可靠。"一小时内只数错了一个人,"他说,"这没有多大关系。我们反正要追加一定的百分比的零头。我将提议,调您去数马车。"

数马车当然是美差。数马车是我从来没有碰到过的运气。马车一天最多只有二十五辆,每半小时在脑中记一次数字。这简直是交了鸿运!

数马车该多美!四点到八点时根本不准马车过桥,我可以去散散步或者到冷饮店去走走,可以长久地看她一番,说不定她回家的时候还可以送她一段路呢,我那心爱的、没有计算进去的小姑娘……

孙坤荣　译

告　别

　　我们陷入那种令人厌恶的情绪里，虽然我们早已互相道别，但因为火车还没开，我们没法真正分别。这个火车站大厅跟其他所有火车站大厅一样，脏，刮着过堂风，充满了废水蒸汽、人的喧嚣和火车的噪音。

　　夏洛特靠着窗，站在长长的过道上，不断有人从后面撞到她，把她挤到边上，还有好多人在骂她，但在这最后的几分钟，在这我们生命中最珍贵的最后的共同的几分钟里，我们不能靠从超载的车厢里打手势来互相理解……

　　"真好，"我已经第三次这么说了，"你能来看我真的是好。"

　　"你可别那么说，我们都认识那么久了。十五年。"

　　"是啊，是啊，我们现在三十岁了，毕竟……没什么原因……"

　　"别说了，求你了。是啊，我们现在三十岁了。跟俄国革命一样大……"

　　"跟这龌龊和饥饿一样大……"

　　"要年轻点……"

　　"你说得对，我们还很年轻。"她笑了。

"你刚才跟我说了什么？"她紧张地问道,因为她刚才被身后的一个很沉的箱子撞了一下……

"没有,我是在跟我的腿说话。"

"你必须得给它治治。"

"没错,我给他治治,它都说过太多次了……"

"你还能站得住吗？"

"可以……"我原本想跟她说我爱她,但我说不出口,十五年来一直这样……

"什么？"

"没什么……瑞典,你要去瑞典了……"

"是的,我觉得有点羞愧,龌龊、动荡、废墟,这些原本应该是我们生活里共有的,我有点羞愧。我真觉得自己让人讨厌……"

"胡说,你属于那里,去那里要开心……"

"有时候我也觉得开心的,你知道吗？那里的食物一定很美味,也没有什么被破坏,是完全没有。他信上写的很让人兴奋……"

有个声音一直在播报火车的发车时刻,现在播报的站台离我们的又近了一道,我吓了一跳,但还没轮到我们。那个声音播报通知的只是一趟从鹿特丹到巴塞尔的国际列车,当我看着夏洛特那张温柔的小小的脸庞时,我想起肥皂和咖啡的味道,我感觉糟透了。

有那么一瞬间,我有一种绝望的勇气,想要干脆把这个小东西从窗户里拉出来,让她留在这里,她是属于我的,我爱她……

"怎么了?"

"没什么,"我说,"去瑞典要开心……"

"好。他真是精力充沛,你没发现吗?在俄国被关了三年,又冒险逃出来,现在他已经在那里读鲁本斯了。"

"很棒,的确很棒……"

"你也得做点什么,至少读个博士吧……"

"闭嘴!"

"什么?"她吃惊地问道。"什么?"她脸色煞白。

"对不起,"我回答道,"我是说这条腿,有时候我会跟它说话……"

她看起来绝对不像来自鲁本斯笔下,她看着更像出自毕加索,我一直问自己,为什么他一定要和她结婚,她长得也不好看,而我爱她。

站台上已经比刚才安静了,所有人都安顿好了,只是零零散散站着一些告别的人。那个声音随时都可能播报这趟火车要发车的通知。每个瞬间都可能是最后一个……

"你必须得做点什么,随便什么都可以,这样下去可不行。"

"不。"我说。

她恰恰是鲁本斯的反面:苗条,腿长,容易激动,她跟俄国革命一样大,跟欧洲的饥饿和龌龊,和战争一样大……

"我完全不能相信……瑞典……这就像一场梦……"

"这一切都是一场梦。"

"你是那么觉得的?"

"当然。十五年。三十年……又三十年。为什么要读博士,这不值得。安静,该死的!"

"你是在跟腿说话吗?"

"是的。"

"它到底说是什么了?"

"你听。"

我们静了下来,笑着看着对方,我们说到做到,一个字也没说。

她笑着说:"你听明白了吗,它好吗?"

"好……好。"

"真的吗?"

"是的,是的。"

"你看啊,"她小声地说,"这根本不是它说的,说什么要在一起,所有的都不是。这根本不是它说的,不是吗?"

那个播报列车发车时刻的声音终于在我正上方响起,这回没错了,可恶,它就像一条官方的、灰色的大鞭子挥过大厅,我吓了一跳。

"再见!"

"再见!"

火车缓缓地开出,消失在大厅的黑暗中……

邱袁炜 译

消　息

您知道那种穷地方吗？就是那种人们会徒劳地问为什么铁路线要在那里设一站的地方；就是那种除了有一些破旧的房子和半塌的工厂，时间在那里都像是凝固了一样的地方；就是那种周围的田地都是被诅咒过的不毛之地的地方；就是那种因为见不到一棵树，甚至连教堂塔顶都见不到而让人忽然心生绝望的地方。戴红帽子的男人总算是让火车又开走了，他消失在一块写着浮夸名字的牌子后头，人们会觉得，把他雇来，就是花钱让他在白天无聊地睡上十二个小时。贫瘠的农田上方是灰蒙蒙的天际线，地里没有人在劳作。

即便如此，我也不是唯一一个在这里下车的；有个老妇人拎着一个灰色的大包，从我隔壁车厢下车。但当我走出这个邋遢的小车站的时候，她像是被土地吞没了似的不见了踪影，我一下子感觉手足无措，因为不知道该向谁问路。有一些砖房，死寂的窗户和黄绿色的窗帘让它们看上去不可能有人在里面住着。路的尽头横亘着一道看着要倒塌的黑色围墙。我往黑墙的方向走去，因为我不想去敲这些死寂的房子的门。我走到街角的时候，马上就在一块脏兮兮且几乎无法辨认的旅店招牌旁边看见清楚的蓝底白字："主街。"那儿也有一些房子,排列得歪歪扭扭的,外墙都掉墙皮了,对面就是工厂长长的黑外墙,墙上没有窗户,就像是通往绝望之国的栅栏。我凭着直觉往左拐了进去,但路突然就断了;墙往前延伸了大概十米,前面就是一大片平整的几乎看不见绿色的灰黑色农田,它一直往前延展,直到跟灰色的天空交汇在地平线上,我有一种到了世界尽头的可怕感觉,就像是站在无底深渊之上,因为受了诅咒,要被卷入到这极具诱惑力的、沉默的、决然无望的大浪之中。

左边有一座被拍扁了似的小房子,看上去就像是工人下班以后建的;我摇摇晃晃地,几乎是蹒跚着向它走过去。我走过一道寒酸破旧的小门,门上爬满了光秃秃的蔷薇灌木,我看见了门牌号,我知道这就是我要找的房子。

浅绿色的护窗板早就已经掉漆褪色了,它们紧紧地关着,就像被封住了一样;屋檐用生锈的铁皮修补过,很矮,我伸手都能够到上面的水槽。四周很静,那正是暮色四合之前短暂停顿的时刻,再过一会儿暮色就会从遥远的地平线上不可阻挡地蔓延开来。我在门口停了片刻,我希望死的那个是我,那时候……那样的话,现在我就不用为了进门而在这里站着。正当我要抬手敲门的时候,我听到里面有女人娇嗔温柔的笑声;这迷惑的笑声,它让人难以捉摸,随着我们心情的不同,它会让我们放松或者心头发紧。不论如何,都是一个女人在笑,她不是一个人,我又停住了,一种灼热和爆裂的念头在我身体里膨胀,让我冲进这灰暗无尽的暮色里,它正在广阔的原野上诱惑着我,诱惑着……我用尽全部力气敲起了门。

起先是沉默,然后是窃窃私语——脚步声,轻声的穿着拖鞋的脚步声,接着门打开了,我看见一个头发金红的女人,对我来说,她就像是伦勃朗阴郁的作品里那种能照亮所有角度的不可描述的光线一样。在这永恒的灰暗之中,她如同一盏灯,在我面前燃出金色和红色的光。她轻轻地叫了一声,就往后退去,用颤抖的双手扶住门,直到我摘下军帽,用沙哑的声音说了句:"晚上好。"她松垮的脸上惊恐的抽搐才慢慢停止,她不安地笑了笑说,"您好。"她身后灰暗的小过道里出现了一个肌肉发达的男人模糊的身影。"我找布林克女士。"我小声说道。"我是。"仍然是这个毫无变化的声音,这个女人紧张地推开了一扇门。那个男人的身影消失在黑暗中。我走进了一个狭窄的房间,里面塞满了寒酸的家具,房间里有顽固的劣质食物和好烟的味道。她白皙的手掠过开关,当灯光照在她身上时,她看上去苍白无神,像个死人,只有亮红色的头发才显出生机和温暖。她用还在颤抖的双手把暗红色的连衣裙按在她丰满的胸部上方,其实扣子都已经扣紧了——她似乎在害怕我要刺她。她水汪汪的蓝色眼睛里透着恐惧和惊慌,她感觉像站在法庭面前等待一场可怕的审判。墙上这些廉价的印刷品,这些甜蜜的图片,正像是被张贴出来的控告。

"您别害怕。"我说得很艰难,话刚出口我就意识到,这是我能选择的最坏的一种开场白。但还没等我继续往下说,她出奇平静地说道:"我都知道了,他死……死了。"我只能点点头。接着,我把手伸进口袋,想把最后一些家当拿给她,但过道里传来一句粗暴的喊声:"吉塔!"她绝望地看着我,又把门打开,尖声喊道:"等我五分钟——该死的——"接着又把门用力地关上,我觉得我能想象得出,那个男人是如何怯懦地躲到灶台后面去的。她看向我的眼神倔强,甚至有些得意。

我慢慢地把结婚戒指、手表、贴着破损了的照片的士兵证放在绿色的天鹅绒桌布上。她突然掩面痛哭,像一只受了惊吓的动物。她的脸都变形了,变得像蜗牛一样,软软地失去了形状,晶莹细小的泪滴从她短小丰满的手指间滑落。她跌坐在沙发上,右手撑着桌子,左手把玩着那些不值钱的玩意儿。回忆像千万把刀剑,把她切碎了。那时候我意识到,战争永远不会结束了,只要还有它带来的伤口在流血,战争就永远结束不了。

厌恶、恐惧、绝望,我把所有的一切都抛下,就像卸下一个可笑的精神负担,把手放在她抽动着的丰满的肩膀上,她惊讶的脸向我转了过来,现在我才第一次在她的面容里看到了和那张照片里漂亮、可爱女孩的相似之处。那张照片我看过不下几百次,那时候……

"在哪儿——您坐吧——在东线吗?"我从她的表情可以看出,她的眼泪随时可能夺眶而出。

"不是……在西线,在战俘营里……我们无数次被……"

"什么时候的事?"她的眼神急切、清醒,流露出可怕的生动,她的脸变得紧绷而年轻——她的生命似乎都取决于我的回答。"四五年七月。"我轻声地说。

她像是思考了一会儿,接着她笑了——笑得纯净而无辜,而我在猜测她为什么笑。

但是,我忽然感觉这房子像是有倒塌的危险,我站了起来。她一言不发地给我开了门,还要帮我把门挡着,但我坚决地等她先走了出去才出门;当她把她有些胖胖的小手伸给我,她小声啜泣着说:"当我那个时候——大概三年前——把他送到火车站,我就知道会这样,我就知道会这样。"接着她又很小声地补充道,"请您不要鄙视我。"

我被这句话深深地震惊了——我的天啊,我看着像个法官吗?我亲吻了她柔软的小手,在她还没来得及阻止的时候,那是我生命中第一次亲吻一个女人的手。

外面已经天黑了,我像是被恐惧吸引了一样,在被锁上的门口又等了一会儿。我听见她在里面哭,大声又放肆地哭,她靠在门上,我们之间只隔着一扇木门的厚度,这个时刻,我真的希望她头顶的房子塌下来,把她埋葬。

接着,我慢慢地、极其小心地摸索着走向火车站,因为我害怕随时会掉进深渊里去。那些死寂的房子里亮着微弱的灯光,整个村子看上去比之前大得多。我甚至在黑墙后面看到了小小的灯,它们看上去要把没有边界的大院子照亮。暮色深重,雾霭腾腾,难以穿透。

在这个有穿堂风的小候车厅里,除了我以外,还站着一对上了年纪的夫妇,因为寒冷,他们颤抖着躲进了一个角落。我等了很久,把手伸进口袋里,把帽子戴上,因为从轨道上吹来的风很冷,重若千钧的夜色深深地压了下来,越来越深。

"要是还有些面包,再有点烟草就好了。"我身后的男人在自言自语。而我不停地俯身看着铁轨,在微弱的光线中间,平行的轨道在远处越靠越近。

但是,忽然有扇门被打开,那个戴着红帽子、一脸敬业的男人,用适合于大火车站候车大厅的声音,大声喊道:"去往科隆的普通客车晚点九十五分钟!"

对我来说,感觉好像这辈子都要被关在战俘营里了。

邱袁炜　译

在 X 城的停留

当我醒来的时候,意识里几乎充满了迷失感;我就像是在黑暗里游泳,水流静缓、漫无目的;就像是一具最终被浪冲到无情的水面的尸体,我在没有尽头的黑暗中轻声地来回翻滚。我感觉不到我的四肢,它们跟我失去了联系,我的感官也已经失效;什么也看不见,什么也听不见,什么也闻不到;脑袋上枕头温柔的触感是我跟现实唯一的联系;我能感觉到的只有我的脑袋;除了劣质酒造成的剧烈头痛之外,我的意识是很清醒的。

我甚至连旁边她的呼吸声也听不见;她像个孩子一样睡得很安静,而我认为她肯定在我身边躺着。我想把双手伸出来,抚摸一下她的脸庞或者她柔顺的头发,但这毫无意义可言,因为我已经没有手了;唯一的记忆来自我的意识,但它无血无肉,没有在我的身体上留下任何痕迹。

我常常带着醉酒者的自信停留在现实边缘,醉了以后就像是在狭窄的悬崖上蹒跚行走,还能保持一种无法解释的平衡,成功地到达目的地,那里的美,只有走近了才能看见;我曾沿着光线昏暗的林荫道走着,铅灰色的灯隐晦地照出现实的样子,只不过是为了更好地否定它;我盲目地走进人群拥挤的黑色街道,但我知道,我是孤独的,孤独的。

就剩下脑袋了,甚至还不是整个脑袋;嘴巴、鼻子、眼睛和耳朵,它们都死了;就只有我的大脑还在努力重构记忆,这就像是一个孩子用看着毫无意义的小木棒拼搭看着毫无意义的图像。

她肯定在我身边躺着,即使我感觉不到她。

我是前一天下的火车,我坐着一辆要途经巴尔干去往雅典的火车来到这个小站,我要在这里换乘去喀尔巴阡山关隘的车。我刚跟跄地下到站台,还没看清车站的名字时,就有一个醉汉摇摇晃晃地向我走过来,在穿着五颜六色的匈牙利平民中间,只有他一个人穿着灰色制服;这个伙计骂骂咧咧、满嘴喷粪,那就像一记记耳光一样使我铭刻在心,脸上灼烧的感觉可以让人记一辈子。

"这帮婊子,"他骂道,"猪猡,有一个算一个,我受够这群废物了。"他一边冲着讪笑的匈牙利人清晰地喊叫道,一边背着沉重的背囊正要上我刚下来的那列火车。

有个戴着深色钢盔的人在一节车厢里喊:"您在那边!嘿!您在那边!"这个醉汉拔出手枪瞄准那个戴钢盔的人,人群尖叫起来,我把这伙计一把搂住,用一个熟练动作把他控制住,夺下他的武器藏了起来。戴钢盔的人在尖叫,人群在尖叫,这伙计在尖叫,但火车开走了,在绝大多数情况下,面对一辆已经启动的火车,就算是钢盔也是无能为力的。我松开这伙计,把手枪还给他,推着把这个茫然不知所措的人带向出口处。

这个小破地方看着荒芜一片。人群很快就散去了,站前广场空了,一位疲倦、邋遢的职员指给我们一个小小的酒馆,酒馆就在这个尘土飞扬的广场的另一边,门前有一些低矮的树木。

我们把行李放下,我点了那种劣质的酒,让我在醒来以后痛苦不堪的恶心感就是它引起的。这伙计坐在那儿一言不发,生着闷气。我递了根烟给他,我们抽起烟来,我一边打量着他:他应该是得过勋章的,年轻,跟我年纪差不多,金发从光滑白皙的额头上垂下来,遮住了黑色的眼睛。

"事情是这样的,"他忽然说,"伙计,我受够这群废物了,你懂吗?"

我点点头。

"够够的了,我都不知道该怎么说,你懂吗?我要逃了。"

我看着他。

"是的,"他冷静地说道,"我要逃了,我要去普斯塔大草原。我可以骑着马到处走,万不得已的时候就做一碗还过得去的汤吃,他们谁也别他妈来打扰我。你要不要一起走?"

我摇摇头。

"害怕吗,还是?……真不去?……好吧,不管怎样,我都要逃了。再见。"

他站起身,拿出一张钞票放在桌子上,对我又点了点头,走了,他的背囊还在原地放着。

我等了很久。我不相信他真的逃走了,就这样去了普斯塔大草原。我守着他的背囊,等着,喝着劣质酒,徒劳地尝试与酒馆老板聊天,盯着站前广场,广场上尘土飞扬,一辆马车在广场上歇脚,马都很瘦。

后来,我吃了一块牛排,一边抽烟,一边一直在喝那种劣质酒。天色渐渐晚了,尘土有时候会穿过敞开的门飘进室内。老板打着哈欠,或者跟喝酒的匈牙利人聊天。

很快,天色更暗了;我在那坐着,等着,喝酒,吃肉,打量胖老板,盯着站前广场看,我永远也不会知道我那时候都想了什么……

我的大脑冷漠地、知无不言地复述着这一切,而我,在这个没有时间的夜里,在一条我不知名的街道上的一间陌生的屋子里,在一个我不知道她长相的女孩的旁边,正眩晕似的在水里游来游去……

后来,我快速地去了趟火车站,确定我要坐的那趟火车已经开走了,下一班要等明天早上才有;我把酒钱付了,把我的背囊跟那个伙计的留在一起,在暮色中蹒跚地走进这个小城。灰暗从各个方向向我涌来,亏得那些微弱的灯光,才让人们的脸看上去是活人的脸。

我不知在哪儿又找了个地方喝了些质量好一点的酒,迷惘地看着吧台后面一张女人严肃的脸,门后的厨房散发着醋一样的味道,结了账,又一次消失在暮色里。

这种生活,我想,不是我的生活。我必须得过这种生活,而且过得很糟糕。天已经全黑了,温柔的夏夜笼罩着这个城市。宁静的街道两边是低矮的房子和树木,即便在某个地方还有战争,在这里也看不见和听不见;在这全然的寂静里,在某个地方还有战争。我在这个城市里茕茕孑立,这里的人们不属于我,这些小树像是从玩具盒里拿出来的,被粘在温柔的灰色人行道上,天空悬浮在外物之上,像一艘会坠落的飞艇……

某棵树的下面站着一张脸,泛着微弱的光。柔顺的头发下面是一双悲伤的眼睛,虽然在这样的夜里看上去是灰色的,但它们一定是一双浅灰色的眼睛;苍白的皮肤,配着一张圆圆的嘴,它一定是红色,即便它在这样的夜里看上去也是灰色的。

"过来。"我对着这张脸说。

当我们走在这个陌生城市的陌生街道上,我拉起她的手臂,一条人类的手臂,我们的手心紧紧贴在一起,我们寻找对方的手指,交扣在一起。

"别开灯。"当我们走进这个房间的时候,我说道。现在,我正在这个房间里,在黑暗里一无所依地躺着漫游。

我在黑暗里感觉到一张哭泣的脸,我就像从楼梯的台阶上滚落一样,跌进了深渊里,楼梯是天鹅绒做成的,让人头晕目眩;我一直往下落,深渊一个接着一个,没有尽头……

我的记忆告诉我,这一切都已经发生了,我现在正躺在这个枕头上,在这个房间里,她在我的身边,而我听不到她的呼吸声;她像个孩子一样,睡得很安静。我的天啊,我只剩下大脑了吗?

黑色的水经常会安静下来,这给了我希望:我会醒来的,我会感觉到我的腿,我又能听得见、闻得到,不仅仅只会思考;即便是这一点点微弱的希望,也已经足够多了,因为黑色的水又会重新开始旋转,带走我无助的尸体,让我无尽地漂流在完全的迷失里,那时候微弱希望就又要渐渐消失了。

我的记忆也告诉我,夜会过去的。天一定已经亮了。它还说,我可以喝酒、亲吻和哭泣,也可以祈祷;但人总不能只用大脑来祈祷吧。虽然我知道,我已经醒了,醒着躺在一个匈牙利女孩的床上,在一个非常黑暗的夜晚躺在她柔软的枕头上;虽然我知道这一切,但我不得不认为自己已经死了……

这曙光来得安静又缓慢,它不可言说地慢,以至于根本察觉不到。你首先会认为是自己的错觉;当你在黑夜中在一个地洞里站着,你不会相信在看不到的地平线后面的那条柔和发亮的光带真的就是曙光;你会认为那是错觉,是因为疲惫的双眼受到了过度的刺激,是被不知哪儿来的秘密光源给欺骗了。但是,这真的是曙光,它甚至越来越强烈了。亮起来了,越来越亮,光线也变强了,地平线后面那块灰色的斑块慢慢地在变大,你不得不相信,天真的亮了。

我突然感觉到,我觉得冷了;我的双脚滑出了被子,光光的,有点冷,我感觉到了寒冷的现实;我深深地叹了口气,感觉自己呼出的空气触碰到了下巴,我坐起身,摸索着找到被子,把它盖在自己的脚上。我又有了双手,又有了双脚,感觉到了自己的呼吸。

接着,我往左边的地上抓了抓,偶然碰倒我扔在地上的裤子,听到了口袋里火柴盒的声响。

"请别开灯。"她在我边上说,她也在叹气。

"你想抽烟吗?"我轻声地问。

"想。"她说。

火柴的光让她看上去黄黄的。一张深黄色的嘴,圆圆的、透着恐惧的黑色眼睛,皮肤像是细腻的黄沙,头发如深色的蜂蜜一般。

很难开口,不知从何说起。我们俩一起听着此刻时间流逝的声音,那是一种奇妙的、低沉的声响,伴随着这个声音,时间一秒一秒地过去。

"你在想什么?"她问得很突然。这样正中靶心的温柔一枪,让我内心的堤坝分崩离析,还没来得及趁着火柴燃烧的微光再快速地看一眼她的脸,我就已经开口了。"我正在想,七十年以后,谁会躺在这个房间里,谁会在这张小床上坐着或者躺着,关于你和我,他又会知道什么。什么也不会知道,"我说,"他只会知道,这里有过战争。"

我们俩把烟头扔到床左边的地上;它们无声地落到了我的裤子上,我不得不把它们抖搂下去,就这样两颗还在燃烧的烟头并排躺到了一起。

"我还想了,七十年前,谁曾经在这里,诸如此类吧。也许那时候这里是一片农田,长着玉米和洋葱,就在我脑袋下面两米的地方,有风吹过这里,每个早晨,悲伤的曙光都从普斯塔草原的地平线上升起。或者,也许那时候就有人在这里盖了房子。"

"是的,"她轻声地说,"七十年前,这里就已经有一座房子了。"

我沉默了。

"是的,"她说,"我觉得,七十年前,我的祖父盖了这座房子。那时候,他们得在这里修铁路,他在铁路上工作,用修铁路挣来的钱盖了这座房子。后来,他就去打仗了,那时候,你知道吗?一九一四年,他牺牲在了俄国。接下来就是我父亲,他有一些土地,也在铁路上工作;他死在了这次战争中。"

"他牺牲了?"

"不,他死了。我的母亲早就死了。现在住在这里的是我哥哥,还有他的妻子和小孩。七十年以后,住在这里的会是我哥哥的曾孙子们。"

"也许吧,"我说,"但是,他们不会知道任何关于我和你的事情。"

"是的,没有人会知道,你曾经在我这里。"

我抓起她的小手,把它放到我的脸上,她的手非常柔软。

窗户那儿现在已经是一块块的暗灰色,和夜晚的黑暗相比,要明亮一些。

我忽然感觉到她从我身上爬了过去,但并没有碰到我,我听见她光着脚走在地上,发出轻轻脚步声音;接着是她穿衣服的声音。她的动作很轻,动静很小;只有当她把手伸到后背扣扣子的时候,我才听到用力的呼吸声。

"现在,你得把衣服裤子穿上。"她说。

"让我躺着吧。"我说。

"我不想开灯。"

"别开灯,让我躺着。"

"你走之前总得吃点什么吧。"

"我不走。"

我感觉她在穿鞋的时候停了下来,在黑暗中惊讶地看向我躺着的地方。

"这样啊。"她小声地说道,我无法确定她是惊讶还是被吓到了。

我把头转向一边。现在,我能在灰暗的曙光里看见她的侧影。她在房间轻巧地走动,搜罗一些木头和纸,从我的裤兜里拿出火柴盒。

这个声音传到我耳朵里,听起来就像是站在岸边的人向着被水流卷进大水里的人发出的小声而恐惧的呼喊;现在我知道了,如果我不起来,如果不在接下来的几分钟内决定离开这艘轻微晃动的迷失之船,那么我就会像一个瘫痪的人一样死在这张床上,或者被不知疲倦的刽子手射杀在这张枕头上,在他们面前,没有什么是躲得了的。

我听见她在轻轻地哼着歌,她在灶台边站着,看着火苗随着轻轻的扇动变得越来越旺,这些让我感觉自己跟她之间隔着不止一个世界。她站在我生活边缘的某个地方,轻轻地吟唱,因为火越来越旺而开心;我明白这所有的一切,就看着,闻着燃烧的纸发出的焦糊的烟味,如果她没有站得离我那么远该多好。

"现在起床吧,"女孩在炉灶那边说,"你必须得走。"我听见她把平底锅放到火上,开始搅拌,木勺和锅底摩擦发出一种动人而安静的声音,炒面粉的香气充满了整个房间。

现在我什么都看到了。房间很小。我躺在一张平坦的木头床上,旁边是一个一直顶到了门的棕色柜子,柜子上没有任何装饰。我身后一定还有一张桌子,一些椅子,小壁炉在窗户边。屋子里很静,天光还没有大亮,屋子里看上去影影绰绰。

"我求你了,"她小声说,"你必须得走。"

"你也得走吗?"

"是的,我得去上班,上班之前你得跟我一起走。"

"上班,"我问,"为什么?"

"噢,看你问的!"

"在哪儿上班?"

"在铁路上。"

"在铁路上?"我问,"你们在那干点什么?"

"堆石头,鹅卵石,确保平安无事。"

"不会有事的,"我说,"你在哪条线上?去格罗斯瓦登的?"

"不是,去斯泽戈丁的。"

"这还行。"

"为什么?"

"因为这样我就不会路过你了。"

她小声地笑了:"你该起床了吧。"

"是的。"我说。我又闭上了眼睛,让自己再一次沉入这种摇晃的虚无之中,它的呼吸没有气味和痕迹,它的波浪拍在我身上的感觉就像轻柔的、几乎感觉不到的风。接着,我叹着气睁开眼睛,拿起我的裤子,它已经整齐地搭在床边的椅子上面。

"是的。"我重复了一遍,起来了。

她背对着我,我快速熟练地穿上裤子,绑好鞋带,套上灰色的外套。

我又静静地站了一会儿,嘴里叼着没点着的烟,看着她,她小小的、苗条的身影映在窗户上,看得很清楚。她的头发很漂亮,柔顺得像安静的火苗。

她转过身,笑了。"你又在想什么?"她问。

我第一次看见了她的脸:一张简单到让我无法理解的脸:圆圆的眼睛,眼神里恐惧是恐惧,欢喜是欢喜。

"你又在想什么?"她又问了一遍,但她这回没有笑。

"什么都没想,"我说,"我什么都没法想。我必须得走。躲不过去的。"

"是的,"她点点头说道,"你必须得走。躲不过去的。"

"你必须得留下。"

"我必须得留下。"她说。

"你必须堆石头,鹅卵石,确保平安无事,火车能顺利开往有事发生的地方。"

"是的,"她说,"我得这么做。"

我们走进了一条非常安静的街道,它通往火车站。所有的道路都通往一个个火车站,上战场的也都从那儿出发。我们走进一扇屋门,我们接吻了,当我的手放在她的肩膀上,我从那里感觉到,她是我的。她垂头丧气地走了,没有再看我一眼。

她独自一人走在这座城市里,即便我跟她同路去火车站,但我不能跟她一起走。我必须等到她走过那个街角,街角就在这条日光下无情的小林荫道上最后一棵树的后面。我必须等着,保持一定距离地跟着她,我从此再也不会见到她了。我得上这趟火车,我得上战场……

我唯一的行李,现在,当我向火车站走去时,是我插在兜里的双手和最后一根在我嘴唇之间含着的烟,它也马上会被我吐掉;当人们慢慢地、蹒跚着再次走上悬崖,在一个特定的时刻从边缘坠落时,坠入之处便是我们再见的地方,如果这样,没有行李,总会轻松一些……

值得安慰的是,火车准点来了,在玉米地和刺鼻的西红柿秧之间快乐地吐着烟。

邱袁炜　译

与德吕恩的重逢

燃烧般的头痛让我毫无过渡地从梦中回到现实的时空里,在梦里,几个穿着深绿色外套的黑影用坚硬的拳头捶打着我的头颅:我躺在一间低矮的农舍里,在绿色的暮光里,它的天花板看上去就像是朝我盖过来的棺材板;微弱的光让整个房间都蒙上了一层绿色;靠近门那里是一种柔和的黄绿色,一条明亮的光带勾勒出黑色的门框的轮廓,离我越近,这种绿色就越来越暗,到我面前已经变成陈年苔藓的颜色。

突然,身体里涌起一阵让人窒息的恶心,我猛地起身,对着看不见的地板呕吐起来,这时候我才完全醒了。在我终于听到液体撞击木头的声音之前,从胃里吐出来的东西似乎一直往下落,像是掉进了无底洞一样;我痛苦地蜷缩在担架边缘,又吐了一次,当我如释重负地躺回担架,和过去的联系变得如此清晰,以至于我马上想起了有一卷水果糖,它肯定还在某个放夜间补给的口袋里塞着。我用脏脏的手指摸索我的外衣口袋,一些散放着的子弹丁零当啷地掉进绿色的深渊里,我把所有东西都在手里过了一遍:烟盒、烟斗、火柴、手帕、一封揉作一团的信,外衣口袋里并没有找到我想找的东西,我把皮带推到一边,皮带扣当的一声碰到了担架的侧杆。

最后，总算在一个裤兜里找到了，我把包装纸撕掉，从这些酸味的糖里拿出一颗塞进嘴里。

很快，我的知觉全部被疼痛占据，我跟当下及过去的联系又变得混乱起来，左右两边的深渊似乎变得更深不可测了，我感觉自己像是被一个无限高的底座托着悬浮在担架上，底座在不断地向着绿色屋顶的方向升起。这个时候，我有几次觉得自己已经死了，被放到了一个充满痛苦的未知的炼狱里，那扇门——被它的光带围绕着——对我来说，就像是通往光明和彻悟的入口，一定会有一只善良的手把它打开；这时候的我就跟纪念碑一样无法动弹，已经死去，只有燃烧般的疼痛还活着，它从我头上的伤口开始四处蔓延，恶心想吐的感觉也跟它有关。

过了一会儿，就跟有人把钳子松开了一样，疼痛又消退了，我感受到的现实没有之前那么残酷：这种分层变化的绿色对饱受痛苦的眼睛来说很柔和，这种全然的安静对备受折磨的耳朵来说很舒服，记忆像胶卷一般在我脑中放映，而我并不在其中。一切看起来像是发生在很久很久之前，但是，实际上可能才过了一个小时而已。

我尝试着唤醒我儿时的记忆，比如在空无一人的公园里度过的逃学时光，与那些一个小时之前发生的事情相比——即便这些事情引起了我的头痛，本该让我的感受与众不同——这种经历离我更近，跟我更有关联。

一个小时之前发生的事情在我看来很清楚，但很遥远，就像是在地球边缘看向另一个世界，它跟地球之间隔着一条无比巨大的玻璃般透明的鸿沟。我看见有个人——他应该就是我自己——在夜晚的黑暗中行走在胡乱翻起的土地上,有时候,这个绝望的身影会被在远处炸响的照明弹照亮;我看见这个陌生人——他应该就是我自己——拖着疼痛的双脚,在崎岖不平的地面上痛苦地移动,经常匍匐前进,站起来,又匍匐前进,又站起来;最后奔向了一个黑暗的山谷,山谷里有很多这样的黑影,他们聚集在一辆马车周围。在这片只有痛苦和黑暗的恐怖大陆,这个陌生人沉默地排到了一行队伍里,有一个他们都不认识也不曾见过的人,他藏在浓重的阴影之中,沉默地用勺子从白铁桶里往队伍里的人盆里盛上咖啡和汤;还有一个人,同样藏身于阴影之中,用谨小慎微的声音点着数,向排队等待的人手里放上东西:面包、香烟、香肠和糖果。突然,这个灰暗山谷里的沉默游戏被红色的火焰打断,紧接着传来尖叫声、哭泣声,还有马伤了之后受惊的嘶鸣声;新的暗红色的火焰不断从地上窜起,臭气和噼啪声升腾而起,接着我听见马大叫一声,突然加速,带着吱嘎作响的挽具飞驰而去;一阵新的短促的烈火吞了没那个人——他应该就是我自己。

而现在,我在一间俄国的农舍里,躺在担架上,看着颜色连续分层变化的绿色暮光,这屋里只有门边缘因为透着光形成的四边形是站着的。

这会儿,恶心感已经减弱了,我的口腔里充满了让人作呕的黏液,酸酸的糖在里面逐渐融化散开,让人觉得舒服;疼痛的钳子现在已经没那么紧了,我往外衣口袋里收拾东西,掏出香烟和火柴,把烟点上。火柴燃烧发出刺眼的黄光,让我可以看清楚阴暗潮湿的墙壁,当我把快要熄灭的火柴扔到一边的时候,我才第一次看到,屋里不止我一个人。

我看见旁边胡乱扔着的被子上面有泛着绿色的灰色隆起,看见一顶帽子的帽檐像一个深重的阴影笼罩在一张苍白的脸上,火柴熄灭了。

现在,我也想起来,我的手和脚都没有受伤,我把身上的被子挪到一边,站起身,我才发现刚才自己离地面这么近,这让我吓了一跳;看上去深不见底的深渊还不到膝盖那么高。我又点了一根火柴:我旁边的人躺着一动不动,他的脸是那种透过绿色的薄玻璃照进来的暮光的颜色,我想走近一些,去把他帽檐阴影底下的脸看个真切。这时候,火柴又熄灭了,我记起来,我的口袋里应该还藏了一个蜡烛头。

疼痛的钳子又收紧了,我只能在黑暗中跌跌撞撞地坐回到担架的边缘上,把烟扔到地上,我现在背对着门,除了黑暗,其他什么都看不见,这绿色的、浓重的黑暗正好包含了足够丰富的阴影,以至于我觉得它开始旋转,而我的头痛看上去正是驱动它旋转的马达;我头痛得越厉害,它旋转得就越剧烈,就像有不同叶片在同时旋转,直到一切又重新停下来。

头痛发作刚过去,我就去摸摸绷带:我的头摸起来非常肿胀;我感觉到血凝结之后留下了坚硬的、和鼓包差不多的痂,也摸到了一碰就很痛的地方,那里一定还留着碎片。我现在明白,旁边那个陌生人已经死了。屋里有一种沉默和寂静,它跟睡着和昏迷没有关系,它是一种无尽的冷漠、敌对和轻视,这让我在黑暗中感受到双重的敌意。

现在,我终于找到了蜡烛头,把它点亮。昏黄柔和的烛光看起来在用一种简朴的方式缓慢地蔓延开去,尽着最大的可能去产生火焰,当烛光终于照满了屋子时,我看见了被踩实的土质地面、粉刷成蓝色的墙壁、一张长椅和熄灭的炉子,炉子的门已经坏了,前面有一堆灰烬。

我先把蜡烛固定在我担架的侧栏上,这样它的光线聚在那个死者的脸上。看见德吕恩并没有让我感到惊讶。我反倒是对自己的无动于衷感到惊讶,因为我应该受到深深的惊吓才对:我和德吕恩已经有五年没见过面了,即使上一次见面也很仓促,连必要的礼节性的话都没怎么说。我们以前是同学,一起上了九年学,但我们之间有一种很深的反感情绪,谈不上敌视,而是互不在乎的那种,因此我们在这九年时间里总共也没有说上一个小时的话。

德吕恩那张瘦削的脸让人很难认错,他挺拔的鼻子现在泛着绿色,僵硬地突起在他干枯的脸上,他细长的、总也流泪的眼睛现在已经被一只陌生的手合上;这就是德吕恩的脸,明确无误,甚至不需要那张证明。我现在俯下身,要在被子的隆起之间把那张纸条找出来,它被用一根白色的线绑在他外衣的一颗纽扣上。借着烛光,我在纸条上读道:胡伯特·德吕恩,一等兵。上面还有军团的番号,在"受伤类型"那一栏写着:多块榴弹碎片,腹部。在这条记录下面,有一只灵巧、学术的手用拉丁文写着:死亡。

德吕恩确实是死了,难道我还曾经对一只灵巧、学术的手所写的东西表示过怀疑吗？我又看了一遍军团的番号，是一支我完全陌生的部队；接着，我把德吕恩的帽子摘下来，帽子黑色的、充满讥讽的影子给他的脸增加了一些残酷的东西，现在我认出了他深黄色的毫无光泽的头发，在那九年里，它有时候会很近地出现在我眼前。

我坐得离蜡烛很近，它跳动的火焰让光线来回摇晃，但核心最亮的那部分光一直照着德吕恩的脸，外围的光则在被子上、墙上和地上游走。我坐得离德吕恩如此之近，以至于我的呼吸都掠过他苍白的皮肤，上面还长着丑陋的褐色胡茬，忽然，我第一次看了德吕恩的嘴。这么多年的日常见面让我很熟悉他其他的外表特征，就算事先不知道，我也能从很多人里把他认出来，但现在我看到，我从未观察过他的嘴；他的嘴对我来说是完全陌生的：精巧，嘴唇很薄，紧闭的嘴角里还一直流露着痛苦，如此生动，以至于我认为自己产生了错觉。这张嘴看上去现在仍然在把曾经艰难忍住的痛苦叫喊用力拦住，不让它们膨胀变大，否则它们就会像红色的泉水一样，淹没整个世界。

蜡烛就像呼吸一样，在我身边温暖地闪烁，烛火看上去一直在上下跳跃，烛光在缓缓地蔓延。现在，我观察着他的脸，却不是真的在看他。我看见他仍然活着，是一个不起眼的、腼腆的中学一年级学生，瘦弱的肩膀上背着沉重的书包，冒着寒冷等着学校开门。接着，他会从刻板的管理员身旁冲过，冲到暖炉旁边，外衣也不脱，像岗哨一样用小心的眼神看守着它。德吕恩总是觉得冷，因为他不光贫血，而且贫穷，他是一个寡妇的儿子,她的丈夫已经牺牲了。他从来没有时间去做蠢事,正因为这些蠢事才让回忆变得有价值,但后来,动物般认真地对待义务也经常被我们看作是蠢事;他从不调皮捣蛋,九年里一直都老实勤奋,"成绩稳居中游"。十四岁出了疹子,十六岁皮肤变回光滑,十八岁又出了疹子,就算是在夏天,他也总是觉得冷,因为他不光贫血,而且贫穷,他是一个寡妇的儿子,她的丈夫已经在世界大战中牺牲了。他有过几个朋友,跟他们在一起,他勤奋,老实,中不溜;我几乎没有跟他说过话,他也很少跟我讲话,只是有几次——这在九年时间里是有可能的——他坐在我的前面,他没有光泽的褐色头发出现在我面前,很近,他总是偷偷把答案告诉别人——现在,我想起来了,他总是偷偷把答案告诉别人,他真诚又可靠,如果他不知道,他就会用一种十分肯定而执拗的方式耸耸肩。

伴着声声悲叹,蜡烛向周围恣意地发出光芒,这个寒酸的房间开始摇晃,就像巨浪里的船舱,而我,早已开始哭泣。我早就感觉到——我并没有意识到——眼泪从我的脸庞滑落,一开始是温暖而舒服的,落到膝盖上就变成了冰冷的泪滴,我像一个哀号的孩子一样,不自觉地把它们都擦去了。但现在,我想起来他总是真诚地把答案告诉我,准时又可靠——现在,我放声大哭,眼泪穿过我杂乱的胡子滴落在我沾着泥土的手指上。

现在,我又想起了德吕恩的父亲。每当我们上历史课时,老师扯着嗓子说起世界大战的事——如果这个主题是在教学计划内的,而且这个主题里又包括了凡尔登——所有的目光都会聚焦到德吕恩的身上,而他也会在这几节课上收获特殊却又短暂的闪光时刻,因为我们不经常有历史课,世界大战也不总在教学计划内,而谈论凡尔登则更是极少被允许的……

蜡烛开始发出嘶嘶的声音,那是纸制小盘里的热蜡在沸腾,这个小盘是以伟大的统帅兴登堡命名的,接着,已经立不住的烛芯倒在了蜡烛最后剩下的液体里面——房间现在变得特别明亮,我为我的眼泪而感到羞耻。这光是冷酷的,是赤裸的,给昏暗的房间增添了一种虚假的明亮和纯洁……

当他们抓住我的肩膀时,我才注意到门被打开了,有两个人被派来抬我进手术室。我又看了一眼德吕恩,他紧闭着嘴唇躺在那儿;接着,他们把我放回到担架上,抬了出去。

医生看上去很累,心情也不好。他无聊地看着他们把我抬到一张桌子上,桌子上方有一盏刺眼的灯,屋子的其他地方是暗褐色的。医生朝我走过来,我把他看得更清楚了:在紫色的阴影下,他苍白又粗糙的皮肤看着黄黄的,浓密的黑发像个帽子似的戴在头上。他看了看我胸前别着的纸条,我闻到他呼吸里有明显的烟味,看到他粗壮脖子上苍白的隆起,以及脸上那张疲惫、绝望的面具。

"蒂娜,"他轻声喊道,"去掉。"

他往后退了退,从微微泛红的背景中走来一个穿着白大褂的女人身影;她的头发用一条浅绿色的手帕整个扎了起来,她走近我,向我俯下身,小心地把我脑袋上的绷带剪开,她的鹅蛋脸平静而友善,她的头发应该是金色的。我还在哭,透过泪水看过去,她温和的脸在微微浮动,她温柔的浅褐色大眼睛似乎也在流泪,但这样子看那个医生,他就显得生硬无情。

她猛地把我伤口上坚硬的血痂扯了下来,我喊叫起来,让眼泪继续流淌。医生摆着一副生气的面孔,在光线能照到范围的边上站着,他抽烟吐出的蓝色烟雾一直传到我们这里,很呛人。蒂娜的脸很平静,她更频繁地俯下身用手指触碰着我的脑袋,因为她已经开始把我打结粘在一起的头发给松开。

"刮了!"医生说得很干脆,他生气地把烟头扔到地上。

当这个俄国女人开始刮掉开裂的伤口周围那些缠在一起的脏头发时,疼痛的钳子收紧得更频繁了。许多叶片又同时旋转起来,我晕过去了一小会儿,又醒了过来,在我清醒的时间里,我能感觉到眼泪还在汩汩地往外流,它们顺着我的脸颊流下,汇在汗衫和假领子中间,就像钻了一个泉眼似的,连绵不断。

"您别哭了!该死的!"医生大叫了几声,看到我停不住,也不想停,他又叫道,"请您有点羞耻心!"我并不感到羞耻,我感觉到蒂娜不时地用她的手抚摸着我的脖子,让我能安静下来,我也知道,没必要去跟医生解释我哭的原因,这么做是毫无意义的。我也没有必要跟医生解释,关于他,我知道什么,关于我,他知道什么,关于龌龊和虱子,德吕恩的脸和九年的求学生活——当战争爆发的时候,它准时地终止了,我又知道什么。

"该死的,"他喊道,"请您安静下来!"

接着,他突然向我走来,走近我的过程中,他的脸可怕地变大、变得生硬和怒气冲冲,我还能感觉到下的第一刀,接着就什么也看不见了,只剩下大声叫喊。

他们把我身后的门锁上,把钥匙在锁孔里转了转,看上去我现在又回到了那个等待室。我的蜡烛还依然亮着,让光线逃也似的掠过每一件东西。我走得很慢,我有些害怕,因为一切都如此安静,我觉得不疼了。没有疼痛,这是从来没有过的感觉,那么空虚。我根据那床胡乱堆着的被子认出那是我的担架,我盯着蜡烛看,它还在燃烧,跟我走的时候一样。烛芯现在浮在已经变成液体的蜡里,只剩下一个小尖还竖着露在外面,刚够可以燃烧,它随时都可能沉下去。我不安地摸索着我的口袋,但里面已经空了,我跑回到门边,一边拍,一边喊,一边拍,一边喊。他们不可以把我们留在黑暗里!但外面似乎没有人听见;当我走回来的时候,蜡烛还在燃烧,烛芯还漂浮着,还有一小点露在外面,刚够燃烧,刚够发出不规律的闪烁的光;我感觉露出的那点烛芯变得更小了;它只够再坚持几秒钟了,我们又陷入了黑暗。

"德吕恩,"我不安地叫道,"德吕恩!"

"我在,"他的声音说,"怎么了?"

我感觉心跳都停止了,除了蜡烛将灭未灭而发出的窸窸索索声,周围没有别的声音。

"嗯?"他又问,"怎么了?"

我往左边挪了一步,弯腰看着他:他躺在那儿,在笑。他笑得很小声,也很痛苦,他的笑声里还有善意。他把被子掀开,穿过他肚子上的大洞,我看见了担架上的绿色帆布。他静静地躺在那儿,像是在等待。我久久地看着他,看着他正在笑的嘴,看着他肚子上的洞,看着他的头发:这是德吕恩。

"哎,怎么了?"他又问了一次。

"蜡烛。"我轻声地说,说着又看向蜡烛;它还在燃烧,我看见了匆促的黄色烛光,它不停地闪烁,一直在燃烧,把整个屋子照亮。我听到德吕恩坐起身,担架发出轻微的吱嘎声,被子被挪到一边,现在我又看着他。

"你不用害怕,"他摇摇头,"光不会灭的,它会一直一直燃烧,这个我知道。"

但他刚说完,他苍白的脸马上变得更加憔悴,他颤抖着抓住我的手臂;我能感觉到他干枯坚硬的手指。"看,"他充满恐惧地低声说道,"现在它要灭了。"

但是,无根的烛芯依然还漂浮在小盘里,它还没有沉下去。

"不,"我说,"它应该早就灭了,它坚持不了两分钟了。"

"哦,该死的!"他喊道,他的脸扭曲了,他把手心放到蜡烛上方用力地拍打,担架吱嘎作响,有一瞬间我们被绿色的黑暗笼罩着,但当他把颤动的手抬高时,烛芯依然还漂浮着,烛光依然还在,透过德吕恩肚子上的洞,我盯着他身后的墙上的一块明亮的黄色光斑。

"没什么可做的,"他说着又躺了回去,"我也躺着吧,我们必须等待。"

  我把我的担架向他的挪过去,铁侧杆并到一起,当我躺下去的时候,烛光正好在我们俩中间,闪烁着,摇曳着,一直确信,也一直不确信,因为它早该灭了,却又一直没灭;有时候,当跳动的火焰看上去变小的时候,我们会同时抬起头不安地望着对方;我们眼前只有黑色的门,四周围着一圈明亮的黄色的光……

  ……我们就这样躺在那儿,等待着,充满了恐惧和希望,害怕的感觉一直蔓延到四肢,它让我们觉得冷,也觉得温暖。每当火焰快要熄灭的时候,我们就抬起绿色的脸,从小盘上方看向聚拢的烛光,它像无声的烟雾在我们周围飘散开去。突然,我们看见它应该已经灭了,烛芯沉了下去,已经没有小尖还露出在蜡液的表面。不过,房间里还一直亮着——直到我们惊讶的眼睛看见蒂娜的身影,她穿过锁着的门向我们走过来。我们知道,现在我们可以微笑了,我们抓住她伸出的双手,跟着她……

邱袁炜 译

取餐兵

星星像铅色的银点,呆滞地挂在黑色的苍穹之上。突然间,它们的运动看上去变得无序起来;那些闪着柔光的点聚作一团,排列成一副尖拱形的图案,拱形的左右两侧向上绷紧,承住它们的是中间一颗更亮一些的星星。拱形两侧底端各有一颗星星脱落,两个点慢慢向下滑去,沉入无边的黑色里。这时,我还没有意识到这是一个不大不小的奇观。我的恐惧被唤醒,而且越来越强烈,因为现在不断有一左一右两颗星星沉落下来,有时候我觉得都能听见它们熄灭的嘶嘶声。就这样,它们全都掉了下来,一颗接着一颗,闪着虚弱的微光成对地往下落,直到最后只剩下那颗承着拱形的、更大一些的星星还留在顶端。它看起来在摇晃、在抖动和犹豫……接着,它也掉落下来,慢慢地,郑重地,带着一种压抑的庄严感;随着它离黑色的地面越来越近,我身体里的恐惧也像是一阵可怕的阵痛越来越鼓胀,当这个大星星落到地面的时候,虽然我很害怕,却好奇地等着看看苍穹完全变暗的样子,就在这时,一记可怕的爆裂声打破了黑暗……

……我醒了,我还能感觉到那个把我弄醒的真实爆炸的气息。我斜躺在坑洞里,榴弹炮的气味还留在寂静的黑色空气中。我扫了一眼自己的被子,坐起身来,想要把头上的帐篷帆布拉开,再点上一根烟。这时,我听见汉斯在打哈欠,看得出来,他也睡了,现在已经醒了;他把手腕上手表的夜光表盘对着我,轻声说道:"跟撒旦本人一样准时,两点,精确到秒,你得走了。"我们一起在帐篷帆布底下坐着。当我用火柴给汉斯点烟斗的时候,我瞥了一眼他瘦削的脸,一脸不可言说的无所谓。

我们沉默地抽着烟。除了有拉弹药的牵引车发出的没有危险的声音,黑暗中什么也听不见。寂静和黑暗混在一起,压在我们身上,犹如千斤之重。

我把烟抽完后,汉斯又小声地说:"你现在必须得走了,记着,你们要把他带上,他躺在前面的老防空阵地。"当我费力地从自己的坑洞里爬出去,他又补充了一句,"你知道吗?他就剩一半了,在一块帐篷帆布里。"

我手脚并用地摸索着走过坑洼的泥土地,走上了那条小路,它是这几个月以来被通信兵和炊事兵走出来的。我把步枪挎到肩上,用手把弹药袋塞进口袋里。走了几百步以后,我已经能在黑暗中分辨出一些黑影;树木,房屋的残垣,还有老防空阵地上已经半毁了的棚屋。我仔细地听着周围的动静,但好像完全听不见别人的声音一样,即使当我慢慢靠近,而且已经清楚地看见了黑色的方形坑洞——之前是放火炮的,我还是什么都没听见。不过,我看见他们了,他们像夜里沉默的大鸟一样,坐在旧的弹药箱上,我感到一种无法言说的压抑,他们互相之间没有说一句话。在他们中间的帐篷帆布上放着一捆东西,过去我们经常要去被服仓库里拉这样成捆的装备。这可真奇怪,在这样的夜里,在现实的战争之中,对兵营习惯的记忆竟然前所未有的亲近和清晰,我毛骨悚然地想到,那个现在躺在帐篷帆布上看不出形状的人,当他从被服仓库里收到这么一捆东西的时候,是不是也跟我们所有人一样被训斥过。"晚上好。"我小声地说,有一个含糊不清的声音回答了我。

我也蹲了下来,随意地坐在一堆20毫米口径炮弹纸筒上,它们已经在这儿散乱地放了几个月,其中有一些还装着炮弹,它们应该是防空部队的炮兵仓皇逃跑的时候留下的。

没有人动。我们都坐在那儿,手插在兜里,等待着,思考着。我们所有人都会时不时看一眼中间那捆沉默的、黑色的东西。最后,火车话务兵站了起来,他说:"我们现在走吗?"

我们没有回答,全部都站了起来,坐在那儿是毫无意义的,我们那样什么也得不到;我是在这里坐着,还是去前面我们自己的坑洞里坐着,这从根本上来说是无所谓的。除此之外,今天应该有巧克力,甚至可能会有烧酒,这理由足够了,我们该尽可快地去取餐点。

"第一组几个?"

"五个"。一个疲倦的声音说。

"第二组?"

"六个。"

"第三组呢?"

"四个。"我回答道。

"我们组是两个,"火车话务兵小声地计算着,"那么,我们就说二十一个,如何?应该有烧酒。"

"好。"

火车话务兵第一个朝那捆东西走过去。我们看着他弯下腰去。接着,他说:"每人拿一个角,这是个年轻步兵,是半个步兵。"

我们也弯下腰,每人抓起帐篷帆布的一个角,火车话务兵说:"出发。"我们把它抬起来,拖着双脚吃力地往前走去,向着村庄边缘的方向……

每个死人都跟整个地球一样沉,但这半个死人却像整个宇宙那么重。他似乎吸收了整个宇宙中所有的痛苦和重量。我们喘着粗气,我们长长地哀叹着,还没走出去三十步,我们就不约而同地放下了。

停下的间隔越来越短,这半个步兵越来越沉重,似乎他一直在吸收新的重量。在我看来,脆弱的地壳都要在这个重量之下折断了,在我看来,每当我们因为筋疲力尽而把这捆东西放下以后,都无法再把它抬起。同时,在我看来,这捆东西已经增长到无法测量。我感觉其他角上的另外三个人离我无限远,以至于我的呼喊已经无法到达他们那里。我感觉自己也在变大,我的双手变得极大,我的脑袋已经大得可怕,但这个死者,这捆死者,已经像一根巨大的橡皮管一样鼓胀起来,似乎一直在吸收,吸收所有战争的所有战场上的所有鲜血。

所有关于重量和范围的规律都已经失效,被提升到无限之中,所谓的现实被来自另外一个现实的黑暗和虚无的规律所充斥,那个现实根本不把规律当一回事。

那半个步兵不断地膨胀,像一块吸满了铅色鲜血的巨大海绵一样地膨胀。我出了一身冷汗,冷汗跟身上的污物混在了一起,这些脏东西是这么些星期以来积攒在身上的。我觉得自己闻着像一具尸体……

我一边一直往前拉着这个步兵,一边听从于那个奇怪的命令:我们所有人都应该在某个时刻再次抓住那个角。当我们继续拖着世界的重量一小段一小段地往村庄边走去时,因为一种残酷至极的恐惧,我的意识逐渐消失了,这种恐惧来自不断长大的这捆东西,恐惧像毒药一样逐渐进入我的身体。我什么也看不见了,什么也听不见,但事情的每个细节我都清楚……

我没有听见榴弹炮的发射和炮弹飞来的呼啸声;爆炸撕碎了所有由梦幻的、半清醒的痛苦交织而成的脆弱,我双手空空地看向虚空,在远处某个丘陵边缘,爆炸的回响像不断反复的笑声在回荡;我好像被囚禁在山谷之中,在我的前面、我的后面、我的两边都能听到那个奇怪的、笑得很大声的回响,它在我耳朵里听起来像是那些祖国的歌曲发出的金属声音,它们曾在军营的围墙爬上爬下。带着几乎空洞和好奇,我紧张地等待着我身体的某个部位发出疼痛的信号,或者能让我感觉到温暖的鲜血在汩汩流淌;没有,什么也没有;但我突然感觉到,我的双脚半悬空地站着,我的脚尖到脚的中间在悬空中摇晃,当我用一个成年人冷静的好奇心往下看去,我看见我的脚下就是巨大的弹坑,它比周围的黑色要更黑……

我勇敢地往前走进这个弹坑,但我没有跌倒也没有掉下去;我一直一直往前走,在黑暗的苍穹下,走在无比柔软的土地上。一边走,我一边在长久地思考着:我该向军需官报几个人,二十一个,十七个还是十四个……直到那颗黄色的、闪耀的大星星在我面前升起,并牢牢地种在苍穹之上;其他的星星也成对地到来,轻柔地闪耀着,它们现在组成了一个三角形。我知道,我已经到了另一个目的地,应该实事求是地报四个半人,当我微笑着顺口说出"四个半人"时,有一个可爱的声音大声地说:"五个!"

邱袁炜　译

在林荫道上重逢

有些时候周围真的安静下来,机关枪沙哑的嘶吼声渐渐散去,榴弹炮发射时的可怕脆响也沉默了,战线上空游荡着一些对我们来说不可名状的东西——也许我们的父辈曾把它叫作和平,这种时候我们不再捉虱子,要么从浅浅的瞌睡中醒来,海克尔少尉会用他修长的手摸一摸那个弹药箱的锁扣,这个弹药箱嵌在我们坑洞的墙上,我们把它叫作酒吧柜;他拉起锁扣上的皮带,带扣从皮带孔里滑下来,我们的美味财产就出现在眼前:左边是少尉的酒,右边是我的,中间则是我们共有的、特别珍贵的财产,是特意给这样安静的时刻保留的……

在装着土豆烧酒的灰色酒瓶中间,有两瓶正宗的法国白兰地,那是我们喝过的最棒的白兰地。每隔一定的时间,我们就能拿到正宗的轩尼诗酒,它们逃过千百种被侵吞的可能,躲过贪腐丛生的危险地带,以一种绝对神秘的方式被送到我们的坑洞——我们跟垃圾、虱子和绝望抗争的地方——里来。有些小年轻见了烧酒就浑身发抖,还像贪吃的小屁孩一样想吃甜食,我们常常用巧克力和水果糖去把分给他们的那份珍贵的黄色饮料给交换过来,这种物物交换一直都有,它让交易双方倍觉幸福。

海克尔常常会找出一个尽可能干净一些的假领子扣上,接着惬意地摸一摸自己刚剃完的下巴,做完这些以后,他就会说:"来。"我慢慢地从阴暗的坑洞里站起来,用手虚弱地掸一掸制服上的秸秆毛,我的力气只够用于这个独一无二的仪式:带着一种几乎反常的真诚,我把头发梳了梳,用海克尔的须后水——装在铁皮罐里的咖啡渣——好好地洗了洗手。海克尔会耐心地等着我把每个指甲都洗干净,一边等,一边拿过一个弹药箱放在我们中间当桌子用,他还用手帕把我们俩的烧酒杯都擦干净:两个厚厚的稳固的玩意儿,我们那时候像保管烟草一样守着它们。接着,他会从他的袋子深处把那一大盒香烟找出来,一般这时候,我的准备工作也做完了。

这一切通常都发生在下午,我们把坑洞上的盖板挪开,有时候不怎么充足的阳光还能暖暖我们的脚……

我们看着对方,碰一碰酒杯,边抽边喝。我们的沉默之中有一些庄严的隆重感。敌人发出的唯一的噪声来自狙击子弹,每隔一定的时候,它都会极其准时地飞过来,正好打在我们用来支撑掩体入口斜坡的木梁前面。子弹"噗"的一声蹿进松软的土里,声音小小的,甚至有些可爱。这声音经常让我想起田鼠在寂静的午后跑在路上发出的那种小到几近没有的声响。这种噪音有一种能让我们平静的东西,因为它让我们确信,现在这样珍贵的时刻不是梦,不是什么非现实的虚构,而是我们真实生活的一部分。

四五杯酒落肚之后,我们才开始交谈。这种神奇的饮料能在我们疲惫、硬如磐石的心里唤醒一些珍贵的东西——也许我们的父辈曾把它叫作思念。

关于这场战争,关于我们的现在,我们已不再说起。它狰狞的嘴脸我们已经见过太多次,印象太过于深刻,还有它残忍的气息——每当双方阵前的伤员们在黑暗的夜里用两种不同的语言发出痛苦哀号的时候——一次次地让我们的内心震颤。我们太痛恨战争,以至于我们不会依然还相信那些由空洞套话构成的肥皂泡,两边的流氓都只是为了给自己赋予"历史性使命"的价值,而把它越吹越高。

未来也不能成为我们谈话的对象。它就像一条布满尖角的黑色隧道,每一个都会让我们碰得头破血流,我们害怕未来,因为残酷的此在——身为军人,却不得不希望输掉战争——已经掏空了我们的心。

我们谈论过去;我们谈论它——也许我们的父辈曾把它叫作生活——困苦的雪泥鸿爪。我们谈论人类记忆中极其短小的那一段,它似乎被挤压在共和国正在腐烂的躯体和那个膨胀的巨兽国家——我们得把它发的军饷占为己有——之间。

"想象一座小咖啡馆,"海克尔说,"也许就在树下,在秋天。空气中有潮湿和腐烂的味道,而你正在翻译魏尔伦的一首诗;你脚上穿着一双非常轻便的鞋,然后,当暮色从浓云中降临,你拖着步子走回家,拖着步子,你懂吗;要让你的脚蹭着地,穿过潮湿的树叶,你看着迎面走过的女孩们的脸……"他把两个杯子倒满酒,他的双手很稳定,就像是一个正在给小孩做手术的亲切的医生,他跟我碰了碰杯,我们喝着……"也许有一个女孩会冲你笑,你也对她笑笑,而你们俩继续往前走,谁也没有回头。你俩交换过的小笑容,永远不会消逝,永远不会,我跟你说……当你们在另一段生命再次见面的时候,它也许会成为你们的互相识别的标志……一个可笑的小小的笑容……"

他的眼睛里出现了不可思议的青春神采,他笑着看着我,我也笑了,我拿起瓶子把酒倒上。接着,我们又连着喝了三四杯,烟草跟这种白兰地的珍贵香气混合在一起,味道是无与伦比的。

在这中间,狙击子弹提醒我们,时间在一点点无情地流逝;此刻的欢愉和享受过后,我们还得面对生活的残酷,它会用突然炸响的榴弹炮,用岗哨发出的警报,用进攻或撤退命令把我们撕碎。我们开始喝得更急,开始口无遮拦,我们眼睛里柔和的欢乐混入了欲望和仇恨;每当酒瓶不可避免地见了底,海克尔就变得说不出来的悲伤,他眼中含泪地看向我,开始小声地说起胡话来:"那个女孩,你知道吗?住在一条林荫道的尽头,当我上一次休假的时候……"

这对我来说是一个信号,我知道该结束了。"少尉,"我冷酷又尖锐地说,"别说了,你听见了吗?"他是这么跟我说的,"每当我开始讲起一个住在一条林荫道尽头的女孩,你肯定会跟我说,我应该闭嘴,你懂我吗?你得懂啊,你得懂!"

我服从了这个命令,即使它对我来说很难执行,因为每当我发出提醒,海克尔整个人就黯淡下来;他的眼神变得坚硬而冷静,嘴巴周围会出现苦涩的皱纹……

但是,在我想讲给你们听的那一天里所发生的一切,都与别的日子不同。我们收到了新衣服,是崭新的衣服,还有新的白兰地;我刮了胡子,接着在铁皮罐里把脚也洗了;是的,相当于洗了个澡,甚至有人给我们送来了新的长筒袜子,袜子上的白色条纹真的还是白色的……

海克尔倚靠着躺在我们的床上,抽着烟,看我洗澡。坑洞外面非常安静,但这种安静是不怀好意和让人惊慌失措的,它是一种威胁,当海克尔用快要抽完的烟点上一根新烟的时候,我从他的手上看出他有些激动和恐惧,因为我们都恐惧,还保有人性的所有人都会恐惧。

突然我们听见有东西掠过的声音,狙击子弹常常是带着这种声音打中斜坡的,这个柔和的声音带走了安静中所有令人恐惧的东西,我们俩不约而同地哈哈一笑;海克尔跳了起来,用脚大步地走了几步,孩子般地大叫道:"乌拉,乌拉,现在放开喝吧,放开喝,祝那位同志健康,他总是打在同一个地方,总是那么准时!"

他打开锁扣,拍了拍我的肩膀,便耐心地等着我穿上长筒袜子,准备好开喝。海克尔在箱子上铺了一块新的手帕,又从他的胸袋里拿出两根上好的雪茄烟。

"这可是极好的,"他笑着喊道,"白兰地配一根上好的雪茄。"我们碰杯、喝酒,极为享受地大口抽着雪茄。

"给我讲点什么!"海克尔喊道,"你必须得讲点什么,开始吧,"他认真地看着我,"你这家伙,从来也不讲点什么,总是让我在那儿胡说。"

"我没太多可说的。"我小声回答道,我看着他,把酒倒上,先跟他喝一个,这凉凉的深黄色的饮料下肚,感觉实在太美妙,它能让我们感到温暖。"你知道吗?"我迟疑着开了口,"我比你稚嫩,但我年纪比你大。我上学的时候总留级,后来我不得不去当学徒,我要当木匠。一开始很苦,但后来,大概过了一年以后,我在工作里找到了乐趣。跟木头打交道是一件很棒的事情。你在漂亮的纸上先画上图,把你的木头打磨成型,刨出干净的、有漂亮纹理的木板。同时,你还能闻到木头的味道。我觉得我本该是一个很好的木匠,但当我十九岁的时候,不得不参军,一走进军营的大门我就受到了惊吓,后来再也没有克服,六年了都没有,所以我很少说话……对你们来说,情况肯定不一样……"我脸都红了,因为我活这么大还从来没有说过这么多话。

海克尔若有所思地看着我。"这样子,"他说,"我觉得挺好,木匠。"

"不过,你还从来没有过女朋友?"他突然开始大声说话,我已经感觉到马上又该结束了。"从来没有?从来没有?你从来没有把头靠在过一个温柔的肩膀上,闻到,闻到她头发的味道……从来没有?"这次他又把酒满上,这最后的两杯一倒,酒瓶就空了。海克尔带着一种可怕的悲伤看看四周。"这里没有墙用来砸碎酒瓶,是吧?"——"且慢,"他突然喊了一声,又放声大笑,"这个同志也得有点事情做,他该把这个酒瓶射碎。"

他往前走了一步,把酒瓶放在狙击子弹总是打中的那个地方,我还没来得及阻止,他又从我们的酒吧柜里拿出了第二瓶,把酒打开倒上。我们刚一碰杯,外面的斜坡上就"砰"的响了一声,我们惊讶地抬眼看去:酒瓶开始还一动不动地立在那儿,可是就在转瞬之间,它的上半部分就滑了下来,而下半部分还在原地立着。大块碎片滚进了壕沟里,差不多快要碰到我的脚才停下,现在我只知道我害怕了,酒瓶破碎的那个瞬间让我害怕……

同时,我有一种深深的无所谓的感觉,我像海克尔一样倒酒,帮他一起快速地把第二瓶酒喝完了。是的,害怕,同时又无所谓。海克尔也害怕,我看得出来;我们都痛苦地不看对方,在那一天,当他再一次说起那个女孩,我没有花力气去打断他……

"你知道吗?"他说得很快,也不看我,"她住在一条林荫道的尽头,当我上一次休假的时候,那是一个秋天,真正的秋天,接近傍晚时分,我无法给你描述那条林荫道到底有多美——"他的眼睛里显露出一种狂野、珍贵、却又有一点迷乱的幸福,因为这种幸福的缘故,我觉得很开心,幸好刚才没有打断他;他一边接着往下说,一边绞搓着双手,像是一个想表达些什么却不知道怎么做的人,我感觉他是为了向我描述林荫道的美而在寻找准确的表达方式。我把酒倒上,我们快速地喝掉,我再倒上,我们把杯中酒一饮而尽……

"那条林荫道,"他沙哑地说道,甚至还有点结巴,"那条林荫道是金色的,这不是胡说,你,它就是金色的,黑色的树上金色的叶子,里面还有灰蓝色的微光——当我慢慢地走在这条林荫道里,一直走到那座房子,我无比幸福,我感觉自己被这种珍贵的美丽给迷住了,我吸入了我们人类幸福那让人陶醉的易逝性。你懂吗?这种魔法般的确定性对我来说是不可名状的……还有……还有……"

海克尔沉默了一会儿,他看上去又是在寻找合适的词语,我又把两个酒杯满上,跟他碰了一个,我们喝着。这个时候,斜坡上那个酒瓶的下半部分也被打烂了,碎片以一种挑衅般的缓慢速度一块接着一块地跌落进战壕里。

海克尔突然站起来,弯腰把盖板拉到一边。这时,我害怕了;我拽着他的袖子想把他拉回来,现在我知道为什么我一直在担心害怕。"放开我!"他叫道,"放开我……我要去,我要去林荫道……"我和他一起在外面站着,我手里拿着酒瓶。"我要走,"海克尔小声说,"我要一直走到头,走到房子那儿!房子外面有棕色的铁栅栏,她就住在楼上……"有一颗子弹呼啸着从我身边飞过,打进了斜坡,正好就打在刚才放酒瓶的那个位置,我害怕地弯下了腰。

海克尔结结巴巴地说着一些胡言乱语,他的表情里流露出一种由衷的、温柔的幸福,也许现在还来得及把他叫回来,就像他命令我一样。从他毫无意义的话中,我只反复听到一句:"我要去——我要去那个女孩住的地方……"

我在坑洞里蹲着,手里拿着白兰地酒瓶,我觉得自己非常懦弱,我很冷静,残酷的冷静,我觉得这种冷静有罪,而海克尔的脸上有一种无法描述的醉意,甜美而真挚;他死死地盯着敌人的阵地,他们就在黑色的向日葵杆和农庄之间,我紧紧地观察着他;他抽了一根烟。"少尉,"我轻声地喊他,"喝酒,来,喝酒!"我把酒瓶对着他晃了晃,当我想要站起来,我感觉自己也喝醉了,但在内心深处,我在痛骂自己,为什么我没有早点把他叫回来,因为现在看上去已经晚了;他没有听到我的喊声,正当我想开口再叫他一次,想着至少能用酒把他从上面的危险里拉回来,我听到"乒"的一声,是达姆子弹明亮又精巧的声音。海克尔极为突然地转过身,对着我短短地笑了笑,笑容里有极乐般的幸福。接着,他把烟仍在斜坡上,整个人非常缓慢地向后倒了下来——我心如冰窖,酒瓶从我手上滑落,我惊恐地看着白兰地酒从瓶子里流了出来,在地上形成了一个小水坑。四周又变得极为安静,这安静是一种威胁……

我终于敢抬头看海克尔的脸:他的脸颊凹陷了下去,黑色的眼睛一动不动,他脸上还留着那种微笑的感觉,当他胡言乱语的时候,这种笑容曾经在他的脸上绽放过。我知道,他死了。接着,我突然间大叫起来,叫得像个疯子一样,我弯下腰,把所有的小心都抛诸脑后,趴在斜坡上面冲着旁边的坑洞喊:"海恩!救命!海恩,海克尔死了!"不等旁边回答,我又哭着回到坑洞里,我被一种可怕的恐惧牢牢抓住,因为海克尔的脑袋微微地抬了一下,这虽然难以觉察,但能看得见,血从他的脑袋里往外流,还有一大摊可怕的白里透黄的东西,我觉得那肯定是他的脑子。就这么一直流着,流着,而我被吓呆了,只是想着:这流不完的血是从哪儿来的,光是从他脑袋里吗?我们坑洞的地面已经被血覆盖了,黏黏的泥土透水性很差,血已经没到我跪着的地方,而旁边就是那个已经空了的酒瓶。

海恩没有回答,全世界就只剩下我和海克尔的血,狙击子弹擦过地面时发出的柔和的声音再也听不见了……

突然,一声脆响打破了安静,我猛地站了起来,就在这时我背上挨了一下。奇怪的是,它一点也不疼;我往前倒下去,头正好倒在海克尔的胸口,虽然周围噪声四起,机关枪在海恩的坑洞里咆哮,"喀秋莎"——它被我们称为"管风琴"——的炮弹在倾泻而下,而我非常平静:坑洞里海克尔的血已经变暗了,里面正在混入一种新鲜的,无比新鲜的血,我知道,它还是温暖的,那是我自己的血;我一直往下坠落,越来越深,直到我发现自己带着幸福的微笑站在林荫道的入口,海克尔应该不曾描述过这条林荫道,因为树木都光秃秃的,苍白的光影之间盘踞着寂寞和荒凉,当我在一片温柔的金光里远远地——有一种说不出的远——看见海克尔挥手的剪影,我心中的希望已经死去……

邱袁炜　译

在黑暗中

"现在去把蜡烛点上。"一个声音说道。

如果有人睡不着,除了那种奇怪的、毫无意义的窸窣声,他别的什么都听不见。

"你该去把蜡烛点上。"是同一个声音,说得更尖锐了。

终于能听到动静了,有人动了动,掀开被子,坐起身来;现在能听出来,呼吸声从上方传来的。秸秆也窸窣作响。

"怎么啦?"这个声音说道。

"少尉说了,我们点蜡烛应该遵从命令,在紧急……"一个年轻一些、非常胆怯的声音说道。

"你该去把蜡烛点上,你这该死的杂种。"年长一些的声音喊道。

他现在也坐起来了,他们的脑袋并排出现在黑暗中,他们呼出的空气也平行而去。

先开口说话的人急躁地看着另外那个人的动作,那个人把蜡烛藏在包里不知道哪个地方了。当他终于听见火柴盒的声响时,呼吸也平静下来。

接着,火柴发出嘶的一声,有光了:微弱的黄色烛光。

他们互相看着对方。每当天亮的时候,他们都会首先互相看看。他们已经很熟了,简直太熟了。他们已经熟到差不多要憎恨对方了;他们熟悉彼此的气味,甚至是每个毛孔的气味,但他们——一长一幼——还是看着对方。年轻的这位苍白瘦削,长了一张无名小卒的脸;年长的这位苍白瘦削,没刮胡子,长了一张无名小卒的脸。

"喂,"年长的说道,他现在更平静了,"不是少尉说什么我们就得做什么,你到底什么时候才能学会这个……"

"他会……"年轻的想要开始说。

"他不会怎样,"年长的尖锐地说,他用蜡烛点了根烟,"他会闭嘴,如果他不闭嘴,而我恰好又不在,你就跟他说,他得等我回来,蜡烛是我点的,明白吗?你听懂了吗?"

"是。"

"别说什么狗屁是是是,跟我说'嗯'就行了。把腰带拿掉。"他现在又喊着说,"睡觉的时候,把这个该死的狗屁腰带解了。"

年轻的不安地看着他,把腰带解下来放进秸秆里。

"把外衣卷起来,把它放过去当枕头。就这样。是的……现在去睡觉,要你去送死的时候,我会叫你……"

年轻的翻了个身,试着睡觉。只能看见他头发上打结的棕色发旋儿、细细的脖子和制服上空空的肩章。蜡烛微微闪动,暗淡的烛光在坑洞里摇晃,像一只不知该在何处落下的黄色蝴蝶。

年长的还半蹲着坐在那儿,用力地往泥壁上吐着烟。泥壁是深褐色,有些地方还能看见白色的切面,那是被铁铲铲断的根,高一点的地方可能是一个被切断的洋葱。天花板是由一些板子组成的,板子上面盖了一块帐篷帆布,在板子中间的缝隙里帆布还会被压垂下来,因为上面的土太沉了,又沉又湿。外面在下雨,发出绵绵不绝的沙沙声。年长的一直盯着泥壁看,他看见有一条很细的水流,正从天花板底下往坑洞里流。这股小水流在某一个泥块前面淤塞停顿了一下,但它一直在往下流,过了一会儿,它就绕开了那个泥块。它遇到的下一个障碍物这个男人的双脚,水越流越多,围住了他的双脚,他黑色的长筒袜子在水中就像是一座半岛。这个男人把烟头吐进水坑里,用蜡烛又点上一根。他顺便把蜡烛从坑洞的上方拿下来,放到身旁的一个弹药箱上面。年轻的躺着的那一半地方差不多就黑了。这半边的烛光只是还抖动得非常厉害,但好在越来越稳定。

"睡觉,该死的,"年长的说,"听见了吗?你应该睡觉。"

"是……嗯。"一个弱弱的声音说道,但听上去比刚才没点蜡烛的时候反倒更清醒了。

"等一会儿,"年长的说得比刚才温和一些,"再抽一两根烟,我把蜡烛吹了,我们摸黑喝点。"

他接着抽烟,不时地向左转过头,往年轻的躺着那边看看。但是,他把第二个烟头也吐到了那个正在变大的水坑里,又点上了第三根烟,他从身旁的呼吸声听得出来,那个孩子还是一直睡不着。

接着,他拿起铁锹,铲了些松软的泥土,用泥土在用作出口的那块盖板后面筑了一个小堤坝。在这个堤坝的后面,他用泥土又拦了一道。他又用了一整锹的土把脚边的水坑盖上。除了雨水温柔的沙沙声,外面什么也听不见;帐篷帆布上的那些泥土看来也已经吸足了水,开始轻声地往下滴水。

"该死的,"年长的在自言自语,"你现在睡着了吗?"——"没有。"

年长的把第三个烟头吐到泥土堤坝的后头,把蜡烛吹灭。同时他把被子拉起来,用脚把下端踩合适了,叹着气躺了回去。四周很静,也很黑,如果有人睡不着,他只能听见那种毫无意义的窸窣声,而下雨的沙沙声,很轻柔。

"威利受伤了。"在片刻的安静之后,年轻的突然说道。他的声音从未有过的清醒。

"为什么?"年长的问。

"嗯,受伤了。"年轻一些的声音说,声音听上去甚至有些得意,年轻的知道了一些年长的显然不知道的新鲜事,他很开心。"拉屎的时候受的伤。"

"你疯了吧,"年长的说,他又叹了一口气,接着说道,"我把这叫作运气,我把这叫作该死的幸运,昨天刚休完假,今天就在拉屎的时候受伤了。难吧?"——"不难,"年轻的笑着说,"意思是,也没那么简单。弹片造成的骨折,是胳膊。"

"手臂骨折!刚休完假就在拉屎的时候受伤,胳膊骨折!这种运气……到底在干什么?"

"昨天晚上他们去取水,"年轻一些的声音很热心地说道,"他们取了水,正提着桶从山的背面往下走,威利对舒伯特中士说:'我要拉屎,中士先生!'——'不行',中士说。

但威利憋不住了,他去拉了,刚把裤子脱下,嘣!迫击炮。他们肯定得帮他把裤子提上。左臂受伤了,他用右胳膊托着左胳膊,灰溜溜地去打绷带,裤子还掉下来了。他们笑了,所有人都笑了,舒伯特中士也笑了。"最后,那句是他带着歉意补充的,他似乎想为他自己的笑道歉,因为他现在也笑了……

但是,年长的没笑。

"光!"他骂得很响,"去,把火柴递过来,光!"他把火柴点着,感觉有些愤怒。"我至少得要有光吧,即便我并没有受伤。至少得有光,他们至少得负责供应蜡烛吧,如果他们想要玩战争游戏。光!光!"他又开始喊,又点上了一根烟。

年轻的坐了起来,拿出一盒黄油放在膝盖上,用勺子在里面翻扒。

他们就这样相互挨着,在黄色的光里沉默地坐着。

年长的抽得很凶,年轻的现在看上去油乎乎的:他那张娃娃脸,整个都弄脏了,到处都沾着面包屑,连打结的头发里都有。

接着,年轻的开始用一块面包去把黄油盒里面蹭干净。

四周突然安静下来:雨已经停了。他们俩也停了下来,互相看着:年长的手里拿着香烟,年轻的用颤抖的手指拿着面包。周围静得可怕,几秒钟之后,他们才又听见还有水从帐篷帆布上滴落下来。

"该死的,"年长的说,"哨兵还在那站着吗?什么都听不见。"

年轻的把面包塞进嘴里,把金属盒扔进旁边的秸秆里。

"我不知道,"年轻的说,"如果轮到我们换班的话,他们应该会跟我们说的……"

年长的迅速起身。他吹灭蜡烛,戴上钢盔,又把盖板挪开。一丝光线也没有从洞口照进来。只有冰凉潮湿的黑暗,接着,年长的用手指把香烟弹走,把脑袋探了出去。

"该死的,"他在外头嘟囔,"什么也看不见。嘿!"他没敢大声喊。接着,他把脑袋又缩了回来,问道,"最近的那个坑洞在哪儿?"

年轻的摸索着站起来,两个人并肩站在洞口。

"别说话,"年长的突然小声又尖锐地说,"附近有东西在爬。"

他们往前看去。在安静的黑暗里,确实能听见有人在爬的声音,忽然,咔嚓一声响,这个奇怪的声音把他们俩都吓了一跳;这声音听上去就像是有人把一只活的猫猛地往墙上扔:骨头折断的声音。

"见鬼,"年长的自言自语道,"那儿肯定有什么不对劲。哨兵在哪儿?"——"那边。"年轻的说,他在黑暗里找到另一个人的手,拉着举起来,往右边指了指。

"那边,"他说,"那儿也是一个坑洞。"

"等着,"年长的说,"不管怎样,拿好枪。"

他们听见前面又传来可怕的咔嚓声,随后便安静下来,有人在爬。

年长的摸索着穿过烂泥地,有时候会停下来,静静地听一听动静。过了几米之后,他终于听见有一个声音在喃喃细语。接着,他看见泥土底下有很弱的光,他摸到入口,叫道:"嘿,哥们。"

那个声音沉默了,光熄灭了,一块盖板被推到一边,一个黑色脑袋从地下钻了出来。

"什么事?"

"哨兵在哪儿?"

"那边——这儿。"

"哪儿?"

"你好,嘿……诺伊尔……嘿!"

没有人回答,也听不见有人在爬,根本什么都听不见,只有黑暗横亘在前面,安静的黑暗。"该死的,这太奇怪了。"那个从地下钻出来的人说。"你好……嘿……他刚刚还在掩体这儿站着,没几步远……"接着,他起身在刚才叫他的人旁边站着。"前面有人在爬,"刚过来的人说,"绝对没错。现在那个猪猡不动了。"

"让我们看看,"那个从地下钻出来的人说,"我们该去看看吗?"

"嗯,不管怎么样哨兵得去。"

"现在轮到你们了。"

"是的,但是……"

"别说话!"

又能听见有人在前面爬了,大概二十步远的地方。

"该死的,"那个从地下钻出来的人说,"你说得没错。"

"也许还是昨天傍晚那些人里的一个,还活着,试着要爬回去。"

"或者是新的。"

"但是哨兵,见鬼。"

"我们过去吗?"

"走。"

两个人突然趴到地上,在烂泥地里匍匐前进。从底下、从蠕虫的视角来看,一切都是不同的。地面每个微小的起伏都会变成山脉,山脉背面的极远处能看见一些奇怪的东西:明亮一些的黑暗,天空。他们拿着手枪匍匐前进,一米一米地穿过烂泥地。

"见鬼,"那个从地下钻出来的人轻声地说,"昨天傍晚的一个俄国人。"

另外那一个也很快碰倒了这个死人,沉默的、铅灰色的一坨。接着,他们突然停住了,屏住了呼吸:那种咔嚓声又出现了,就在近处,像是有人在用力锤打着别人的脸。接着,他们听见有人在喘气。

"你好,"那个从地下钻出来的人叫道,"谁在那儿呢?"

随着他的喊声,所有声音都消失了,接着又一个非常胆怯的声音说道:"是我……"——"见鬼,你在那儿找什么,都要把我们弄疯,你个老混蛋!"那个从地下钻出来的人喊道。"我要找些东西。"前面那个声音又说。

两个人站起身,向声音传来的地方走过去。

"我要找双鞋。"那个声音说,但他们现在已经站到他边上了。他们眼睛现在已经适应了黑暗,他们看见周围躺着尸体,有十具或一打,尸体像苹果树墩一样躺着,黑色的,而且不会动,哨兵正蹲坐在一个树墩上面来回摆弄着那双脚。

"你得在哨位上站着。"那个从地下钻出来的人说。

另外那一个,就是叫了从地下钻出来的人的那位,闪电般地俯下身去看死人的脸。蹲坐在地上那位突然双手捂住脸,开始小声又怯懦地啜泣,他哭得像一只动物。

"噢。"叫了从地下钻出来的人的那位说,接着他又轻声地补充道,"你还需要牙齿,是吧,金牙,是不是?"

"是不是?"那个从地下钻出来的人问,蹲着的那个哭得更厉害了。

"噢。"其中一个又说,看上去全世界的重量现在都压在他的心上。

"牙齿?"那个从地下钻出来的人问。接着,他也飞快地来到在地上蹲着那个的边上,从他的手里夺下一个布袋子。

"噢。"还是刚才那个,凡是跟人类震惊有关的话都从这个声音说了出来。

叫了从地下钻出来的人的那位躲开这两个人,因为那个从地下钻出来的人把手枪对准了蹲在地上那位的脑袋,现在已经扣响了扳机。

"牙齿,"当那声脆响逐渐消散,他自言自语地说道,"金牙。"

他们慢慢地往回走,当他们走过躺着尸体的那块地方时,走得非常小心。

"现在轮到你们了。"那个从地下钻出来的人说,说完便又消失在地下。

"是的。"他只是说,他也缓缓地穿过烂泥地往回走,接着就消失在地下。

他听见那个年轻人还一直没睡;当有人睡不着,又是这种毫无意义的窸窣声。

"点亮。"他小声说。

黄色的火焰又开始抖动,微微照亮了这个小坑洞。

当年轻的看见年长者的脸,他吃惊地问道:"发生什么了?"

"哨兵走了,你得去站岗。"

"嗯,"这个孩子说道,"把手表给我吧,这样我能叫醒其他人。"

"给。"

年长的坐到秸秆上,点了一根烟,他若有所思地看着这个年轻人,看他扣上腰带,穿上外套,拔掉一颗手榴弹的引信,带着疲惫的面孔检查了冲锋枪的弹药。

"嗯,"这个小孩说,"再见。"

"再见。"年长的说,他吹灭了蜡烛,独自一人躺在完全黑暗的坑洞里,躺在泥土中……

邱袁炜　译

我们扫帚匠

我们数学老师的心肠有多好,他的脾气就有多暴;他常常冲进教室——双手插兜——,把烟屁股往字纸篓左边的痰盂里一吐,接着走上讲台,喊我的名字让我回答问题,不管问题是什么,我都不知道答案。

当我无助地、支支吾吾地答完,他就会向我走过来,在全班的窃笑声中,他走得很慢,然后带着残酷的好心肠轻轻地敲打我那已经受过无数次折磨的脑袋,一边打,一边喃喃地说:"扫帚匠,你,扫帚匠……"

在我整个学习生涯里,这在一定程度上是一种让我害怕到颤抖的仪式,而且是越来越害怕,因为我在科学上的知识水平不光没有跟上不断提升的要求,反而看上去是越来越落后。但是,当他适可而止地打完我之后,他就不再烦我了,他让我漫无目地做白日梦,因为想要教会我数学是没有希望的,完完全全没有希望的。那些年里,我就像犯人脚上拖着沉重的石球一样,一直在身后拖着 5 分的成绩[①]。

他让人印象深刻的地方并不只在于他从来不拿着书,也不拿本子,甚至连一张纸条都不拿,而是他还能轻而易举地

[①] 在德国学校里,5 分为不及格,1 分为优秀。

展现他的秘密技能,能以一种犹如在钢丝上跳舞的稳定性在黑板上画出各种令人难以置信的图案。只有圆形是他画不好的。他耐性太差。他把一根线绕在整根的粉笔上,选好一个想象中的圆心,接着拉住粉笔用力地画出弧形,粉笔折断了,悲惨地发出刺耳的吱嘎声,但依然敏捷地跳着划过黑板——线——点,点——线……原点和起点永远合不到一块,于是一个令人厌恶的分裂的图案出现了,真的是一个痛苦分裂的作品无法辨识的象征。粉笔摩擦黑板发出的吱嘎、咔咔的声音对我原本就饱受折磨的脑袋来说是又一种痛苦,我常常从我的白日梦中醒来,往讲台上看一眼,当他向我冲过来,训斥我并命令我,让我把他的圆给画圆了。因为画圆这种技能对我来说就像是一种自身与生俱来的规律一样,使用起来准确无误。用粉笔去耍上半秒钟,这可是弥足珍贵的。这就像一种小小的陶醉,周围世界都专心于此,深深的喜悦充盈了我,补偿了所有的痛苦……他总是扯一扯我的头发——这是他残酷的认可,把我从这种沉醉中唤醒,我在全班的哄笑声中像一只被痛打的狗一样走回自己的座位,已经无法再回到梦的王国,只能在无尽的痛苦中等待着下课铃响。

我们早已长大,我的梦早已变得更加痛苦,他早就开始以"您"相称。"您,扫帚匠,您。"曾有过漫长痛苦的几个月时间无圆可画,我只是徒劳地尝试去爬过代数学易碎的桥梁,我一直在身后拖着5分,早已习惯的仪式也一再上演。我们得自愿报名参军的时候,其中有一项快速考试,考试很简单,但终归是考试,我在督学煞有介事的严厉面前完全无助的面孔应该是让这位老师产生了一种宽厚的情绪,因为他很有技巧地提示了我很多,我因此顺利地通过了考试。但后来当老师们跟我们握手告别的时候,他对我说,别使用我的数学知识,千万别加入一支技术部队。"步兵,"他在我耳边低声地说,"您去当步兵吧,所有人都能当步兵——扫帚匠……"他带着隐藏的温柔,最后一次打了打我那饱受训练的脑袋……

不到两个月以后,我在敖德萨泥泞的机场上坐着,坐在我的背囊上,看着一个真正的扫帚匠,他是我见过的第一个扫帚匠。

早早地进入了冬天,附近城市的天空是灰色而绝望的。郊区的花园和黑色篱笆之间能看见昏暗的高大建筑。那边——一定是黑海那儿——的天空更阴暗,呈现出一种蓝黑色,看上去像是东方的晨晓和傍晚。在背景的某处,缓缓行驶的巨兽在一个昏暗的机库里加满油,又重新滑了回来,非常舒适地装满了人:灰色、疲惫和绝望的士兵,他们的眼中除了恐惧,其他什么感觉都没有——因为克里米亚地区早就被包围了……

我们应该是最后一支部队,所有人都沉默着,即使穿着长外套还是冷得发抖。有些人绝望地吃着东西,有些人明知故犯地抽着烟,他们把烟斗藏在手心里,一点点慢慢地往外吐着烟。

我很闲,闲到可以去观察那个坐在花园篱笆旁的扫帚匠。他戴着一顶不常见的俄国帽子,他留着胡子,嘴里的棕色短烟斗跟鼻子一般长短粗细。但是,他安静工作的双手里有着平和和质朴:它拿出一捆金雀花般的灌木枝,把它们裁切好,用线把它们扎好,然后把做好的长柄放进扫帚固定好……

我转过身来,几乎是趴在背囊上看这个平静的可怜人的巨大剪影,他不慌不忙、不知疲倦地做着扫帚。我这辈子还从来没像嫉妒这位扫帚匠一样嫉妒过别人:班里最优秀的学生、数学大牛西姆斯基、足球校队第一高手、甚至是赫根巴赫——他兄弟是骑士十字勋章获得者;对这些人的嫉妒都赶不上我对一个在敖德萨边上坐着、不受打扰地抽着烟斗的扫帚匠的嫉妒。

描绘这个男人的目光是我隐秘的愿望,因为对我来说,看清他的脸无疑是令人欣慰的,但我被忽然薅着衣服站了起来,被骂着赶进了这个嗡嗡作响的机器里,当我们起飞,拉升,飞过这些让人激动的花园、街道和教堂,再要去寻找这个扫帚匠几乎是不可能了。

起先我坐在背囊上,接着又往后倒去,现在正在听飞船发出威胁的声音,患难之交们压抑的沉默让我麻木,而我的脑袋因为靠在一直震动的金属墙壁上而开始抖动。在这个狭窄空间的黑暗里,只有前面飞行员坐的地方还稍微亮一些,这些亮光恐怖地照在沉默灰暗的人影上,他们在我的周围,都坐在各自的背囊上。

忽然,天空中响起一个奇怪的声音,如此真实,如此熟悉,我吓了一跳:它就像一个巨大、非常巨大的数学老师的手——手里拿着一块粉笔岩石——从远处挥舞着划过无尽的夜空,这个声音和两个月前听到的声音一样:跳动的爆裂声就像愤怒的粉笔所发出的声音一样。

这只狂野的巨手在天空里画出一条条曲线,现在不仅仅是白色和暗灰色,而是蓝中带红、黑中带紫,闪动的线没有将它们的曲线完成,它们发出刺耳的爆裂声,逐渐消失了。

让我痛苦的并不是患难同仁害怕而狂野的悲鸣,不是少尉无助的喊叫——他要我们平静和安静,也不是飞行员痛苦变形的脸。让我痛苦的只有这永远无法完成圆形——它在天空上快速燃起仇恨的怒火,却永远永远无法回到它的起点,这个外行画的圆弧永远也无法圆满闭合而完成圆形的美。巨手爆裂、尖叫、跳动的愤怒让我害怕,它和无法完成的圆形一起让我感到痛苦。

接着,我感到深深的害怕:这种狂暴的愤怒第一次以声音的形式向我展示;我在脑袋旁边听到一个奇怪的嘶嘶声,它就像一只愤怒挥下的手,我感觉到一种潮湿灼热的痛苦,随着一声尖叫,它跃上天空,那里又有一个刺目的黄色信号闪光在燃烧;我抓住这条猛烈振动的黄蛇,用右手去画它愤怒的圆形,感觉到我自己必须要把这个圆形完成,因为这是我唯一与生俱来的能力,我是为此而生的……我抓着它,引导着它,这条狂野挣扎的、愤怒的、咔咔作响的蛇,用炽热的呼吸和痛苦颤抖的手抓紧它,此时,我脑袋上潮湿的疼痛越发严重,当我一点一点地引导着,骄傲地看着圆形的精美的弧线,原先点与线之间的空隙被填满了,一次巨大的短路用光和火填满了整个圆形,直到整个天空都燃烧起来,世界被坠落的飞机带来的突然的冲击力切割成碎片。除了光与火,除了飞机已经残缺不全的尾巴——这破碎的尾巴像一把黑色短扫帚,女巫骑着它参加夜半集会——之外,我什么都看不见……

邱袁炜　译

我的昂贵的腿

这下子我就业在望了。他们寄了一张明信片给我,叫我到局里去一趟,我便遵命前往。局里的人既亲切又和气。他们拿出我的档案卡片,说了一声:"唔。"我也回了声:"唔。"

"哪一条腿?"有一个官员问道。

"右腿。"

"整条腿?"

"整条。"

"唔。"他又哼了一声,开始查阅各种各样的单子。我总算可以坐下来了。

他终于翻出一张单子,看来正是他所要找的。他说:"我看这里有适合您干的事,一件美差。您可以坐着干。到共和广场上一个公共厕所里去擦皮鞋。您看怎么样啊?"

"我不会擦皮鞋,我一向因为皮鞋擦不亮,引得大家侧目相看。"

"您可以学嘛,"他说,"什么事情都可以学会的。天下事难不倒德国人。您只要同意,可以免费上一期学习班。"

"唔。"我哼了一声。

"那么同意了?"

"不,"我说,"我不干。我要求提高我的抚恤金。"

"您疯啦。"他回答时语气既亲切又温和。

"我没疯,谁也赔不起我的腿,我连再卖一次烟都不行,他们现在制造了种种麻烦。"

那个人把身子往后仰,一直靠到椅子背上,深深地吸了一口气。"亲爱的朋友啊,"他感慨地说,"您这条腿可真叫贵得要命。我知道您今年二十九岁,身体很好,除了这条腿以外没有一点毛病。您可以活到七十岁。请您算一算,每月七十马克抚恤金,一年十二个月,那就是四十一乘十二乘七十。您算一下,不计利息就要多少钱。您不要以为只有您丢掉了一条腿,看来能够长寿的也不仅仅是您一个。您现在还要提高抚恤金啊!对不起,您真是疯了。"

"先生,"我说,我也照样往椅子背上一靠,深深地吸了一口气,"我看您大大低估了我的腿的代价。我的腿要昂贵得多,这是一条非常昂贵的腿。还得说一下,我不仅身体健康,而且很遗憾,头脑也很健全。请您注意。"

"我的时间很紧。"

"请您注意!"我说:"我丢了这条腿,救了好些人的命,他们至今还在领取优厚的退休金。

"当时情况是这样的:我单枪匹马埋伏在前沿某个地方,奉命注意敌人何时来到,这样就可以让别人及时溜掉。后面司令部已经在打点东西,他们既不愿意跑得太早,也不愿意溜得太晚。原先我们是两个人在前沿,但那一个被敌人打死了,他不必再花费你们的钱。他虽然已经结婚成家,但您别怕,他的妻子身体健康,可以干活。那个人的性命可真便宜。他当兵才四个星期,所以只花了你们一张通知阵亡的明信片和一点点口粮的钱。他在那个时候算得上是个勇敢的士兵,他至少是真正给敌人打死的。后来,就只剩我一个人在那里,并且害怕起来,天很冷,我也想溜之大吉。嘿,我正要溜的时候,突然……"

"我的时间很紧。"那个人说着,开始找他的铅笔。

"不,请您听下去,"我说,"现在刚刚讲到有意思的地方。正当我要溜的时候,我的腿出了问题。我只得躺在那里。我想,既然溜不掉,就把情况向后面报告吧。我报告了敌人的动静,他们就全都逃跑了,规规矩矩地一级跟着一级;先是师部,然后是团部,再后是营部,依此类推,始终规规矩矩地一级跟着一级溜走,只有一件混账事,那就是他们忘了把我带走,您懂吗?他们跑得太仓皇。真是件混账事,要不是我丢了这条腿,他们全都没命了,将军、上校、少校,一级一级数下去,全都完蛋,那您就不必给他们退休金了。好,您算算看,我的腿值多少钱。那位将军才五十二岁,上校四十八岁,少校五十岁,他们个个没有一点毛病,身体健康,头脑健全。他们那种军事生活使得他们至少可以像兴登堡①一样活到八十岁。您计算一下:一百六十马克乘十二乘三十,完全可以估计他们平均还要活三十年,您看对吗?所以,我的腿成了一条贵得吓人的腿,成了一条我所能想象的最最昂贵的

---

① 兴登堡(1847—1934),德国元帅,一九二五年起任德国总统。

腿,您看是不是?"

"您真疯啦。"那个人说。

"没有,"我回答说,"我没有疯。对不起,我身体健康,头脑健全。遗憾的是,我在这条腿出毛病前两分钟没被打死。那样的话,就可以节省好多钱啦。"

"您到底接受这项差事不?"那个人问道。

"不。"我说完就走了。

倪诚恩　译

洛恩格林之死

两个抬着担架的人,上楼梯的时候放慢了脚步。他们早就不耐烦了。这差事干了有一个多钟头,到现在连买香烟的小费都没有捞到。两人中有一个是汽车司机,司机按理是用不着抬病人的。可是,医院没有打发人出来帮忙,而他们也不能让那孩子躺在汽车里不管。再说,他们还要接一个急性肺炎病人,和一个上吊自杀在紧急关头被人割断绳子救下来的人。两人很恼火,猛地加快了脚步。走廊里灯光很暗,不消说散发出一股医院里特有的味道。

"干吗割断绳子救他?"走在后面的嘴里嘟囔着,他指的是那个自杀者。前面的那个扭过头来嚷道:"可不是,何苦来着?"他回头说话的时候,冷不防狠狠地撞到了门框上,担架上躺着的病人给撞醒了,发出一阵骇人的尖叫声,听得出是个孩子的声音。

"安静点!安静点!"医生说道。这是一个穿着实习大夫蓝领服的年轻人,金黄的头发,一张神经质的脸。他看了看表,已经八点了,早就到了换班的时候。等洛迈尔医生已经有一个多钟头,可还没有等来,他大概被抓起来了;这年头,谁都随时有被抓去的可能。这位年轻大夫习惯性地掏出听诊器,一直注视着担架上的男孩,最后才把目光转向那两个抬担架的人,他们站在门口早就等得不耐烦了。医生不高兴地问道:"怎么啦,有事吗?"

"担架!"司机说道,"不能把他挪到床上去吗?我们马上得走。"

"哦,是这么回事,挪到这儿来吧!"医生指着皮沙发说。这当口儿,夜班护士进来了,脸上带着漠不关心却又挺严肃的表情。她托起男孩的两肩,另一个抬担架的,不是那个司机,径直抓住孩子的两条腿,男孩又发疯似的尖叫起来。医生烦躁地说:"别嚷,安静点,安静点,没有什么了不得……"

两个抬担架的人还是站着不走。不是司机的那一个回答了医生恼怒的目光,他平心静气地说:"那条床单。"其实,这条床单根本不是他的,而是出事地点一位太太拿出来的,她觉得总不能让人把这个摔伤腿的孩子无遮无盖地送到医院去。这个抬担架的心里想,医院会把床单留下的,不会再还给那位太太,而这条床单既不属于那个男孩,也不是医院的,管他呢,干脆问医院要走,反正医院里床单有的是。拿回去让老婆把它洗干净,这年头,床单也可以卖不少钱呢。

那个孩子还叫嚷不休。他们把床单从男孩腿上卷起来,随手交给了司机。医生和护士互相瞅了一眼。孩子那样儿可真惨,整个下半身都是血污,亚麻布的短裤扯得稀烂,破布和血粘在一起,看着真怕人。他的双脚毫无血色,他不停地叫喊,叫声很长,一声接一声,令人毛骨悚然。

"快!"医生低声说,"护士,注射器,快一点!"护士的动作已经够熟练和敏捷了,但医生还在不停地催着:"快!快!"医生神经质的脸上,嘴巴无法控制地张开着。孩子还是喊个不停。但护士打针的准备工作可实在不能再快了。

医生摸着孩子的脉,他那苍白的脸,由于疲惫肌肉不停地抽搐着,心神不宁地连连低声说:"安静,安静!"但那男孩还在叫喊,好像生下来就为了叫喊似的。护士终于拿着注射器走过来了,医生熟练而敏捷地打了一针。

他把针从几乎像皮革一样紧绷绷的皮肤里拔出来时,长叹了一口气。这时,门开了,一个修女慌张地跑进来。她正要开口,一看见受伤的病人和医生,又闭住了嘴,蹑手蹑脚地走过来,亲切地向医生和脸色苍白的护士点了点头,然后把手放在孩子的额头上。孩子蓦地睁开眼睛,惊愕地望着站在他床头穿黑衣的女人。表面看来,好像是那只冰凉的手在他额上一按,便使他安静了下来,其实是打的针这时起了作用。大夫手里还拿着注射器,他又长叹了一声,因为终于静下来了,出奇的安静,静得每个人都能听得见自己呼吸的声音。他们都不说一句话。

孩子大概是不再觉得疼了,安静地、好奇地瞧着周围的一切。

"注射了多少?"大夫小声问夜班护士。

"十毫升。"她同样轻声地回答道。

大夫耸了耸肩。"稍多了一点,等一会儿再看吧。利奥巴修女,您给我们帮帮忙,好吗?"

"当然可以。"修女像从沉思中被惊醒,急忙答道。屋里安静异常。修女按住男孩的头和肩膀,夜班护士按住腿,他们把他身上浸透了血的破布片弄下来。现在才看清楚,血和一些黑东西混在一起,孩子全身都是黑的,脚上是煤末,手上也是,上下都是血、破布和又黏又厚的煤末。

"我知道了,"大夫喃喃说道,"从正开着的火车上偷煤,摔下来的,是不是?"

"是的,"男孩声音沙哑地回答说,"没错。"

他的两只眼睛清醒着,含着罕见的幸福感。那一针一定是很顶事。修女撩起他的衬衣,齐胸往上卷,一直卷到下巴底下。上身瘦得真可怜,像只老鹅似的皮包骨头。锁骨旁边的窝深陷下去,在灯光下形成了很明显的黑洞,大得连修女那只又白又宽的手都能放得进去。接着,他们又看他腿上没有受伤的地方。两条腿瘦极了,显得又细又长。大夫向护士点了点头说:"可能是两腿双骨折,需要透视一下。"

夜班护士用酒精纱布把孩子的腿擦干净以后,就不那么难看了。这孩子瘦得可真怕人,大夫一边包扎绷带,一边直摇头。现在他又替洛迈尔医生担忧了,他或许被他们抓起来了,即使他什么也不交代,但毕竟是件难堪的事,让他为盗卖毒毛旋花子素①去坐班房,而我自己却安然无事,可是,弄好了,我倒要分点好处。该死,一定有八点半了,街上一点声音也没有,静得让人坐立不安。医生扎好了绷带,修女把孩子的衬衣又拉到腰下,然后从柜子里取出一条白床单,给孩子

---

① 抢救心力衰竭的病人时用的一种强心剂。

盖上。

她又把手放在孩子额头上,向正在洗手的医生说道:"大夫,我刚才是为小施兰茨来找您的,您正在给这孩子看病,我不愿打扰您。"医生停住擦手,脸上有点尴尬,说话时,叼在嘴唇上的香烟上下抖动。

"什么?"他问道,"小施兰茨怎么啦?"他那苍白的脸色现在变得有点发黄了。

"唉!心脏不行了。简直不行了,看样子要完了。"

大夫把香烟又拿到手里,把毛巾挂在脸盆旁边的钉子上。

"真糟糕!"他绝望地叫了起来,"还有什么办法呢?我实在无能为力了。"

修女一直把手放在孩子额头上。夜班护士把血污的破布扔进污物桶里,掀起来的镍盖向墙上反射出颤动的银光。

大夫沉思地望着地板,突然抬起头来,又看了看这个男孩,匆匆地向门口走去,说道:"我去瞧瞧。"

"要我去吗?"护士跟在他后面问道,医生把头探回门内说,"不用了,您就留在这里,准备给那孩子透视,把病历填写一下。"

孩子仍然很安静。这时,夜班护士也站在皮沙发旁边。

"你母亲知道你出事了吗?"修女问道。

"妈妈死了。"

护士不敢再问他的父亲。

"那应该通知谁呢?"

"我哥哥,可他现在不在家。倒是得告诉小家伙们一声,现在就剩下他们自己了。"

"哪些小家伙?"

"汉斯和阿道夫。他们还等着我回去做饭呢!"

"你哥哥在哪里工作?"

男孩没有吭声,修女也不再追问。

"您是不是记一下?"修女扭头向夜班护士说道。

夜班护士点了点头,走向小白桌,桌上摆满了药物和各种试管。她把墨水瓶拿过来,蘸了一笔,用左手展平白纸。

"你姓什么?"修女问男孩。

"贝克尔。"

"信什么教?"

"不信教。我没有受过洗礼。"

修女一怔,夜班护士的脸色依然没有变化。

"你什么时候生的?"

"三三年……九月十日。"

"还在上学吗?"

"嗯。"

"还有……名字!"夜班护士小声提醒修女。

"对,叫什么名字?"

"格里尼。"

"什么?"两个女人微笑着彼此看了一眼。

"格里尼。"男孩讲得很慢,并且有点恼火,就像所有名字起得特别的人一样。

"是 i 吗?"夜班护士问道。

"对,两个 i,"他又重复了一遍,"格里尼。"

他本来叫洛恩格林,因为他生在一九三三年,那时的每周新闻影片里都有希特勒第一次出现在拜罗伊特音乐节①上的镜头。他妈妈却老管他叫"格里尼"。

医生突然闯了进来,他的眼睛由于疲惫而模糊不清,稀疏的金发搭在那张年轻然而有不少皱纹的脸上。

"你们快来一下,快,两位都来!我想再输点血试试,快点!"

修女向男孩看了一眼。

"不要紧,"医生大声说,"让他一个人安静地待一会儿,没有关系。"

夜班护士已经走到门口。

"格里尼,你乖乖地躺一会儿好吗?"修女问道。

"好。"孩子答应着。

但他们走了以后,他的眼泪忍不住夺眶而出。好像刚才放在他额上的修女的手把眼泪挡住了。他不是难过得要哭,是被幸福感动得流泪。要说因为难过和害怕的缘故那也是有的。只有当他想起小家伙们的时候,那可真的是因为难过而流泪,但他总是尽量设法不去想他们,因为他愿意完全为幸福而哭。他活到这么大,还不曾有过像刚才打针以后那样

---

① 拜罗伊特是德国一城市,一八七二年德国作曲家理查德·瓦格纳在此建立剧场,演出他的歌剧。瓦格纳去世后,每年在此举行音乐节。洛恩格林是瓦格纳的同名歌剧中的主人公。

奇妙的感觉。一种神奇的温暖，像一股乳流贯注到他的全身，使他有些昏迷，同时又使他清醒。他的舌头感到有种甜丝丝的味道，他长这么大还从来没尝到过这种甜味。但他还是不由得要想起小家伙们。胡伯特在明天早上以前是不会回来的，爸爸还得三个礼拜以后，而妈妈……小家伙们现在真是孤单单的了。他知道得很清楚，他们又在倾听着每一个脚步声和楼梯上每一点细小的响动，而楼梯上会有非常多的声音，小家伙们也会一次又一次地失望。格鲁斯曼太太会不会照顾照顾他们呢？她从来没有这样做过，怎么会今天突然想起来？她从来没有这样做过，也不可能知道他……他出了事。也许汉斯会安慰阿道夫，可汉斯自己也很脆弱，动不动就哭起来，说不定阿道夫反而会安慰安慰汉斯呢！可阿道夫才五岁，而汉斯已经八岁了，还是汉斯安慰阿道夫的可能性大。但是，汉斯脆弱得可怜，阿道夫倒是坚强些。也许他们俩都哭起来了，一到七点钟，他们就因为肚子饿不想再玩了。他们知道他七点半会回来给他们弄饭吃。他们自己不敢去拿面包，有几次，他们一下子把一星期的定量全吃光了，他严禁他们自己去拿面包吃，以后他们就再也不敢了。本来，他们现在可以放心地去吃土豆，但他们不知道啊！要是他早些告诉了他们可以吃土豆，那该多好！汉斯已经很会煮土豆了，但他们不敢，他过去把他们处罚得太严厉了，甚至不得不揍过他们几下，因为一下子把面包都吃光了，怎么能行？！如果他从来都不责打他们，那他现在心里会高兴的，他们就敢去拿面包吃，至少今晚不会挨饿了。而现在，他们只好坐在那儿等着,一听到楼梯上有声音,就激动地跳起来,把苍白的脸贴到门缝上,像他千百次看到的那样。噢,他总是先看见他们的脸,他们一下子就高兴了起来。啊,即使在他打了他们之后,他回来的时候,他们还是那么高兴,小家伙们什么都懂得。现在,每一点声音都会给他们带来失望。他们会害怕的,汉斯一看见警察就吓得发抖。他们说不定会大声哭起来,惹得格鲁斯曼太太骂他们,因为她晚上喜欢安静。也许他们一个劲地哭下去,格鲁斯曼太太会过来瞧瞧,可怜可怜他们。格鲁斯曼太太并不是那么坏的人。但汉斯绝不会自己去找她,他怕她怕得要命,汉斯什么都怕……

他们哪怕是自己煮点土豆吃也好啊!

自从他想起小家伙们以后,他完全是因为难过而哭泣了。他用手遮住眼睛,免得再看见小家伙们,这时,他觉得手湿了,他哭得更厉害了。他想知道现在有几点钟。可能已经九点或十点了。这可真不得了,平常他最迟七点半就回家了。但今天火车看守得这么严,他们得特别小心才行,卢森堡人那么喜欢开枪,也许他们在战争中没有来得及多放几枪,现在想来过过瘾;但他们是逮不住他的,他们从来都逮不住他,他总是能逃过他们溜上火车去的。我的天,正好碰上无烟煤,这可不能轻易放过。一说是无烟煤,他们马上就会给七八十马克,怎么能错过这样好的机会。不光是卢森堡兵没有逮住过他,就是俄国兵、美国兵、英国兵和比利时兵,他全都躲过去了,难道今天偏偏会落在这些卢森堡兵的手里?这些蠢头蠢脑的卢森堡人!他闪过他们,爬到车皮上,装满了袋子,扔下去,然后再一个劲地往下扔,能抓多少,就扔多少。但没有想到,突然一下子,火车停住了。他只记得猛一下疼得要命,接着便什么也不知道了。后来,当他在门口醒来时,睁开眼睛,看见的就是这间白房间。以后人家给他打了针,现在,他又完全被幸福感动得哭起来,小家伙们已不再在眼前出现。幸福是一种奇妙的东西,他从未尝到过它的滋味,泪珠仿佛是幸福的化身,从他的身体里流出,而在他的胸中幸福却不见减少。那晶莹、转动、甜甜的泪滴,那神奇的泪滴,汇成泪水,从他的心底深处泉涌而出,总不见减少……

突然,他听见卢森堡兵的枪声,他们手里拿着自动步枪。令人战栗的枪声,在春天清新的夜空中震荡。他闻到了田野的清香,火车的浓烟味和煤味,也略微闻到了一点真正的春天的气息。两声枪响震撼了灰暗的夜空,四周发出了连续而又不同的回声,这些声音像针扎似的刺痛他的胸口。可不能让这些可恶的卢森堡兵抓住,可不能让他们打伤!他现在伸开四肢躺在煤堆上,清楚地感觉到身下煤块的尖硬。这是无烟煤,人家五十公斤给八十到八十五马克。要不要给小家伙们买点巧克力糖呢?不成,钱不够,买一块巧克力就得花四十到四十五马克,这么多煤他是拖不动的,我的天,五十公斤煤只能换两块巧克力糖。卢森堡兵简直像疯狗一样,他们又在开枪了。他觉得光着两只又臭又脏的脚冷飕飕的,被煤块扎得生疼。枪弹把天空射穿了许多窟窿,但他们是打不坏天空的,也许,这些卢森堡兵以为他们会把天空也打坏呢!

要不要告诉护士,他的父亲在哪里,他的哥哥胡伯特夜里上哪儿去了？可她们没问啊！学校里老师讲过,人家没问的事情不应该回答……可恶的卢森堡兵……小家伙们……卢森堡兵别再打枪啦！他得去看看小家伙们……这些卢森堡兵一定是疯了,完全疯了。妈的,还是算了吧,父亲在哪里,哥哥夜里上哪儿去了,干脆什么也不要对护士说。也许小家伙们自己会去拿面包……或者土豆吃的……也许格鲁斯曼太太会发觉出了什么事,因为确实不太对头;真奇怪,为什么老是出事！校长也会责备的。那一针打得可真好,他感觉到被扎了一下,幸福突然就出现了。这个脸色苍白的护士,一定是把幸福装在针里了。他听得很清楚,她把那么多的幸福装在针里,太多了,真是太多了。他一点也不傻。格里尼有两个i……不,妈妈是死了……不,是失踪了。幸福真是美妙,也许可以给小家伙们买一些针管里的幸福,一切不是都可以用钱买吗？……买面包……堆得像山一样的面包……

妈的！有两个i,这里的人不知道德国最好的名字吗？……

"不！"他突然大喊起来,"我没有受过洗礼！"

妈妈呢？说不定妈妈还活着吧。不,卢森堡兵把她打死了,不,是俄国兵……不,谁知道,也许是纳粹杀死了她,她曾经狠狠地咒骂过……不,是美国兵……唉,小家伙们可以放心去吃面包,吃面包……他想给小家伙们买像山一样的面包……多得像山一样,满满一车皮面包……满满一车皮无烟煤,还有针管里的幸福。

有两个i,妈的！

修女跑来看他,摸了一下脉,她慌张地向周围张望。天啊,要不要去叫大夫呢?她再也不能把这个发着梦呓的孩子一个人丢下了。小施兰茨死了,她升天了,上帝保佑这个俄罗斯脸型的小姑娘!大夫跑到哪儿去了?……她急得在皮沙发旁转来转去……

"没有!"孩子嚷道,"我没有受过洗礼!"

脉搏跳得越来越乱了,修女的额上沁出了汗珠。"大夫先生,大夫先生!"她大声喊着,但她清楚地知道,再大的声音也透不过隔音的门壁。

孩子可怜地呜咽着。

"面包……给小家伙们买多得像山一样的面包,巧克力糖……无烟煤……卢森堡兵,这些猪猡,不要开枪了!妈的,土豆,你们可以放心地去拿土豆……吃土豆吧!格鲁斯曼太太……爸爸……妈……胡伯特……小家伙们还从门缝往外瞧呢。"

修女怕得哭了起来,她不敢走开。孩子开始翻滚,她紧紧地捺住他的肩膀,但皮沙发又是那么滑。小施兰茨死了,那个小灵魂上天了。上帝发发慈悲,保佑保佑她吧,她是无罪的啊!一个小天使,一个难看的俄国小天使……现在,她变得美丽了。

"没有,"男孩要伸出胳膊乱打,"我没有受过洗礼。"

修女惊慌地抬起头来,一边跑到脸盆那儿,还不住地用眼睛盯着男孩。她没有找到杯子,又跑了回来,摸了摸孩子烧得发烫的额头,又到桌前抓起一个试管,急速地倒满了水,天啊,一个试管里才能装这么少一点水……

"幸福,"孩子喃喃说道,"把您所有的幸福都装到针里吧,也给小家伙们装一点……"

修女在胸前划了十字,很郑重,动作很慢,然后把试管里的水倒向男孩的额头,流着泪说道:"我现在就给你施洗礼……"男孩突然被冷水浇得清醒过来,猛一抬头,把修女手中的试管撞掉了,落在地板上摔得粉碎。男孩微笑地望着惊恐万状的修女,喃喃说道:"施洗礼……好……"然后一下子倒下去,头沉重地垂落在皮沙发上,脸变得狭长、苍老,黄得可怕,一动也不动地躺着,两只手十指全伸着,像要抓什么东西……

"他透视过了吗?"医生大声问道,他笑着同洛迈尔大夫走进屋里。修女只摇了摇头。医生走到跟前,习惯性地拿起听诊器,但又放下了,他向洛迈尔看了一眼,洛迈尔脱掉帽子,洛恩格林死了……

梁家珍　译

生意就是生意

我的黑市商人现在变老实了;我已经很久没见到他,得有几个月了,今天我在城市另一头一个交通繁忙的十字路口发现了他。他在那有个卖货的木屋,木屋用非常耐用的油漆刷得亮亮的;崭新的锌皮屋顶很漂亮也很稳固,能给他挡住风雨和寒冷,他在里面卖着香烟、棒棒糖——一切现在已经合法了的东西。起初我挺开心的;有人重新找回了生活的秩序总是让人开心的。因为我刚认识他那时候,他过得不好,我们都很悲伤。我们都戴着旧军帽,每当我有点钱就去找他,有时候我们也谈谈,谈谈饥饿,谈谈战争;我没钱的时候,他会不时地送我一根烟;那时候,我也曾给他带过定量配给的面包,因为我正好在给一个面包师做苦力。

他现在看着过得还不错。他看上去神采奕奕的。他的脸颊紧实,只有常年吃得上黄油才能到达这个效果,他的表情自信,我看到他因为买棒棒糖差五分钱就骂骂咧咧地把一个脏脏的小女孩给赶走了。他的舌头还不停地在嘴里搅来搅去,像是要花很长时间把残留在齿缝里的肉丝给剔出来。

他很忙;他们从他那里买很多的烟,还有棒棒糖。

也许我不该这样做——我朝他走过去,对他说了声"恩斯特",想跟他聊上几句。以前那时候,我们所有人之间都以"你"相称,黑市商人们也用"你"来称呼一个人。

他很惊讶,有些奇怪地看着我,说道:"您说什么?"我看得出来,他认出我来了,但他对自己被认出来这事并不是很关心。

我沉默了。我装作自己从没有对他说过"恩斯特"这三个字,买了点香烟就走了,因为我恰好有点钱;我还观察了他一会儿;我等的车还没来,我也完全没有要回去的兴趣。总是有人来我住的地方要钱;女房东来收租,她的丈夫来收电费。除此之外,我在住的地方也不能抽烟;女房东什么都能闻得到,然后就会很生气,数落我有钱抽烟却没钱交租。因为穷人抽烟喝酒都是一种罪过。我知道,这是一种罪过,所以我都偷偷地干,我在外面抽烟,有时候如果我躺着睡不着,一切又都很安静,而且我知道明天早上烟味就闻不到了,我也会在屋里抽烟。

可怕的是,我没有职业。现在的人都得有一份职业。他们是这么说的。以前那时候,他们所有人都说,没必要人人都有一份职业,我们只需要战士。现在他们说的是,人都得有一份职业。太突然了。他们说如果没有职业的话,那他就是懒。但是,这肯定不对。我不懒,但我不愿意做他们要求我做的工作:清理废墟、搬石头,诸如此类。这类工作我干上两个小时之后就会汗流浃背、头晕目眩,每当我去看医生,他们就会说,这没事。也许是因为精神状态。他们现在经常谈论精神状态。但是,我认为,穷人如果脸皮厚就是一种罪过。

穷和厚脸皮,我想,这是他们忍受不了的。但是,我的精神状态肯定已经毁了;我当兵当太久了。九年,我觉得。也许更久,我不确定。那时候,我也想有一份职业,我对成为商人有很大兴趣的。但那时候——为什么要说这些;现在我甚至连成为商人的兴趣都没有了。我最想做的就是躺在床上和做梦。我会估算他们需要多少个工作日才能建成这样的一座桥或者一座大房子,而我记着的是,他们能够在一分钟之内把桥和房子都夷为平地。那为什么还要工作?这种情况下还要工作,我觉得是毫无意义的。我认为这就是把我弄疯的原因:我去搬石头和清扫废墟,只不过是可以让他们用来再建一个咖啡馆。

我刚才说了,可能是精神状态的原因,但我认为,真正的原因是:这么做毫无意义。

他们想的是什么,对我来说终究是无所谓的。但是,没有钱是可怕的。人总得有钱才行。这件事情逃避不了。就拿电表来说,如果你有一盏灯——人有时候总得需要光吧——把灯一打开,钱就已经开始从上面的灯泡里流走了。即使你不需要光,你也得支付电表租金。简单说就是租金。人总得看上去像是有一个房间。起初我住在一间地下室,情况算不上太糟糕,我有一个炉子,我还偷回来一些煤球;但是,他们找到了我,他们是报社的,给我拍了照,还写了一篇配图文章:一个返乡者的贫困生活。我不得不搬家了。房管局的人说,这对他来说是个面子问题,我于是不得不租下了现在这个房间。有时候,我当然也能挣点钱。这是明白无误的。我把采购来的煤球搬到地下室,再把它们整齐地码好堆在角落里。我很擅长堆煤球,我做这个也很廉价。我挣得自然也不多,从来不够付房租的,有时候只够用来付电费、一些香烟和面包……

当我现在站在街角,我把一切都想起来了。

我那位现在已经变诚实了的黑市商人不时会怀疑地看看我。这个猪猡很了解我,如果有人在两年时间里差不多每天都要聊天,相互之间肯定非常了解。也许他觉得我要在他铺子里偷点东西。我可没傻到要在那儿偷东西,那边人群聚集,每分钟都有一辆有轨电车到站,街角甚至还站着一个保安警察。我都在别的地方偷东西:有时候我当然也偷,偷些煤之类的。还有木头。最近,我甚至在一家面包店里偷了块面包。特别快,特别简单。我拿起面包就走了出去,我走得很平静,一直等走到下一个街角才开始跑。精神也不紧张了。

我不在街角这样的地方偷东西,虽然在这里下手有时候更简单,但我的精神状态已经完了。来了很多趟车,包括我要坐的那趟,我那趟车来的时候,我清楚地看到恩斯特斜着眼睛偷偷看我。这个猪猡还清楚地知道我要坐那趟车。

但是,我把第一根烟的烟头扔了,又把第二根点上,站着没动。我准备把烟头都扔了。有人在那儿转悠,等着捡烟头,也得为这些同志考虑一下。依然还是有捡烟头的人。他们不是同一拨人了。在战俘营的时候,我还见过捡烟头的陆军上校。但是,在那里面他不是什么上校。我观察那个捡烟头的人。他有一套自己的体系,就像一只等在网里的蜘蛛一样,他会在废墟里找个地方当作自己的营地,每当有电车到站或者发车时,他就会出来,十分镇定地走过路边石,把烟头都收集起来。我好想朝他走过去,跟他聊聊,我感觉自己跟他是同类;但我知道,这是毫无意义的;这些小伙子什么都不会说。

我不知道自己是怎么了,这一天我一点也不想坐车回去。要是回的是家该多好。现在一切对我来说都无所谓了,我又让电车走了一班,又点上了一根香烟。我不知道我们缺少什么。也许有一天,会有一个教授找到答案并把它写在报纸上:他们对这一切有个说明。我只是希望,我还能有战时偷东西时候那种精神状态。那时候,偷起东西来又快又顺利。那时候,还在打仗,只要是有能偷的东西,我们就必须得去偷;那时候有句话:他会搞定的,而我们就去偷了。其他人只是跟着吃,跟着喝,还往家里寄。他们的精神状态是完美无缺的,他们是清白无罪的。

当我回家的时候,他们已经从战争里抽身而出,就像从有轨电车上下车一样:电车开到他们住的地方,减速慢行,他们没付车费就跳下了下车。他们稍稍一拐弯,走进家里,你瞧:双开门的柜子还立在那儿,书房除了多了些灰尘一切如旧,妻子在地下室存着土豆,还有罐头;恰如其分地拥抱一下她,第二天早晨去问问职位是否还空着:职位还空着。一切都完美无缺,疾病保险公司继续营业,要洗洗自己纳粹的身份——如同去理发店把令人难堪的胡子刮掉一样,给人讲一讲勋章、负伤、英雄之举,最终发现自己倒是一个好孩子:除了尽了义务,其他什么都没干。有轨电车甚至又有周票了,这是一切重归正常最好的标志。

但是,我们还继续在那趟有轨电车上坐着,等待着前方是否会出现一个我们熟悉的车站,好让我们能孤注一掷地下车离去:停车站没有出现。有些人跟我们一起接着坐了一段,但是也很快在某个地方跳了下去——都像已经到达了目的地一样。

我们的车还在继续开着,车费也自动地跟着涨,我们还得额外给又大又沉的行李付钱:我们不得不随身带着的沉重的虚无;车上会过来很多查票员,我们只能耸耸肩,把空空如也的口袋给他们看。他们当然也没法把我们赶下车,车开得太快了——"我们是人"——但我们会被记下来,记下来,反复不断地被记录下来,车开得越来越快了;那些滑头的人不知在什么地方就快速地跳下了车,我们的人越来越少了,我们下车的勇气和欲望也越来越少。我们暗地里盘算着,一到终点站,就把行李留在车上,把它托付给车站的失物招领处;但终点站一直没有到,车费越来越贵,速度越来越快,查票员越来越不信任地看着我们,我们是一帮十分可疑的乌合之众。

我把第三颗烟头也扔了,慢慢地向停车站走去;我现在想回去了。我开始头晕目眩:空着肚子不能抽那么多烟,我知道。我以前的黑市商人现在在那边干着合法的买卖,我不再往他那个方向看;我并没有权利生气;他做到了,他跳下车了,而且一定是在正确的时刻,但我不知道,责骂差五分钱买棒棒糖的孩子是不是也是生意的一部分。也许这属于合法的买卖：我不知道。

我要坐的那趟有轨电车马上要到了，那个哥们又镇定地往前走过路边石，在等车的人群前面巡视，看看有没有烟头可捡。他们不想看到这些，我知道。他们宁愿这样的事，但确实有……

我上了车以后又看了一眼恩斯特，但他把目光移开了，他大声地喊着，巧克力、糖果、香烟，一切免费！我不知道这是怎么回事，但我必须说，我更喜欢以前的他，那时候他不用因为差五分钱就把人赶走；但现在他有了个正经的生意，而生意就是生意。

邱袁炜　译

咬　钩

我知道，一切都是愚蠢的。我根本不应该再去那里；去那里是毫无意义的，但我靠它活着。一天之中，只有这一分钟是希望，其他二十三小时五十九分钟都是绝望。我靠它活着。它并不多，它甚至都不是物质。我不应该再去那里。我已经垮了，就是它：它把我搞垮了。但我必须，我必须，我必须去那里……

她来应该坐的车一直是同一趟。13 点 20 分。这趟车一直是按照时刻表运行的，我把一切都观察得非常仔细，他们蒙不了我。

每当我来的时候，这个拿着指示牌的男人就已经知道了；当他从他那间小房子里出来——之前我就已经听到了他屋里的铃声，当他走出屋子，我就向他走过去——他已经认识我了：他摆着一副同情的面孔，充满同情心，有些东西让他不安；是的，这个拿着指示牌的男人是不安的；他也许认为，有一天我会攻击他；也许有一天我会攻击他，我会干脆把他打死，再扔到铁轨中间去，让 13 点 20 分那趟车从他身上轧过去。因为我不相信他——这个拿着指示牌的男人。我不知道他的同情是否是装出来的。也许他的同情是装出来的。

他的不安是真的,他的不安也是有原因的:有一天,我会用他自己的指示牌把他杀了。我不相信他。也许他跟他们是一伙儿的。他的小屋子里有电话——他只需要摇一摇,打个电话——这些铁路上的人一秒钟之内就能联系上;也许他把听筒摘下来,给倒数第二站打个电话,跟他们说:"把她带出去关起来;别让她跟着车过来……怎么样?……对,棕色头发、戴绿色小帽的那个女人;是的,就是她;抓住她——接着,他就笑了——,是的,那个疯子又在这儿,他应该还会白白等着的。抓住她,是的。"

接着,他可能挂了电话,哈哈大笑;要是他看见我蹑手蹑脚地靠近,他就会走出来,摆上同情的面孔,跟往常一样在我开口问他之前说道:"没有报告晚点,我的先生,没有,今天也没有报告晚点。"

我不确定是否可以相信他,这把我逼疯了。也许他一背过身去就在那儿冷笑。他总是转身背对着我,做出一副在月台上有事情要做的样子;他走过去走过来,把月台边上的人赶走,他做的都是他本不需要做的工作,因为人们一看到他走过来就已经都从月台边缘走开了;他装作很忙的样子,也许他一背过身去就在那儿冷笑。有一次,我想要考验一下他,我就在旁边很快地跳来跳去,并且看到了他的脸。然而他脸上并没有什么加深我怀疑的东西:只有害怕……

即便如此,我还是不相信他;这些家伙的自我控制能力比我们要强;他们什么事情都能干成;这帮人既有能力又有把握,而我们——我们等着的人,什么都没有;我们在刀刃上生活，我们要让自己在有希望的这一分钟和下一个有希望的一分钟之间保持平衡；在二十三小时五十九分钟里，我们都需要在刀刃上保持平衡，我们只有一分钟可以休息一下。他们不给我们任何自由，这些称兄道弟的人，这些举着指示牌的人，这些猪猡，他们互相通电话，一次小小的通话，而我们的生活又一次毁了，又一次陷入二十三小时五十九分钟的昏迷之中。这就是那些人，生活只属于他们，这些家伙……

他的同情是装出来的；我非常确定；如果我思考得没错，我必须认为他在对我撒谎；他们对所有人撒谎。他们把她抓起来了；我知道，她是想来的。她给我写了："我爱你，我坐13点20分的火车来。"13点20分到那儿，她写了的，三个月之前写的，准确地说是三个月零四天。她会被抓起来，他们不想让她来，他们不愿把她给我，他们不愿让我拥有一次超过一分钟的希望或者快乐。他们阻止我们的会面；他们坐在某个地方，在笑，这帮人；他们在笑，他们在打电话，一定有人给了这个拿着指示牌的人很多钱，让他每天戴着虚伪的面具对我说："今天也没有报告晚点，我的先生。"他说"我的先生"，这就是一种卑劣的行为。我根本不是什么先生，我是一头肮脏的猪，靠每天里一分钟的希望活着。除此之外，什么都不是。我不是一个先生，他的那句"我的先生"就是一堆狗屎。我不想跟他们有任何瓜葛，但他们应该把她给放了，他们应该让她乘车；他们必须把她给我，她是我的，她给我发了电报："我爱你，13点20分到那儿"那儿，就是我的家乡。

电报上就是这么写的。写"那儿",意思就是收电报那个人住的城市。"13点20分到那儿……"

今天我要把他杀了。我的愤怒已经控制不住了。我的耐心已经耗尽,包括我的力量。我再也坚持不下去了。如果我今天看见他,他就离死不远了。这样子已经太久了。我也已经没钱了。没钱买电车票。我已经变卖了所有的东西。三个月零四天我靠着物质活着。变卖了所有,包括桌布;今天我不得不确认,已经没有可变卖的东西了;现在的钱刚刚还够坐一趟电车。甚至连买回程票的钱都没了,我得走着回来……或者……或者……

不管怎么样,这个拿着指示牌的人都会血肉模糊地在铁轨中间躺着,那趟13点20分到的火车会从他的身上轧过去,他将变得什么都不是,就像我在今天中午13点20分也将变得什么都不是一样……或者……天啊!

如果一个人甚至连回去的车钱都没有,这真是太苦了;他们让人的生活变得太难了。这帮人沆瀣一气,他们掌管着希望,他们掌管着天堂和慰藉。他们掌控着一切。我们只能得到九牛一毛,只有一天里的一分钟。我们必须渴望和等待二十三小时五十九分钟;甚至连人造天堂他们都不肯拿出来。他们根本不需要这些;我问自己,为什么他们要把一切牢牢抓住。是否对他们来说,这只关乎钱?为什么他们不给别人喝的,不给别人抽的,为什么他们要把慰藉弄得如此昂贵?他们让我们咬着钩子,我们一再地上钩,我一再地被提上水面,我一再地呼吸一分钟的光明、美好和欢乐,有一只猪猡一再笑,一再把鱼线送掉,而我们坐在黑暗之中……

他们把我们的生活弄得太难了;今天我要复仇;我要把这个拿指示牌的人,这个安全的前哨,我要把他扔到轨道中间去;也许后头的人会在电话里大吃一惊;哈,即使能让他们受一受惊吓也是好的!但还是斗不过他们的,事实就是如此;他们把一切都牢牢抓住,面包、酒和烟草,他们拥有一切,他们手里还有她:"13点20分到那儿。"没有日期。情况就是如此:她从不写日期。

他们不愿看到也许我亲吻过她;不,不,不,我们应该死去,我们应该窒息,我们应该完全绝望,没有任何慰藉,我们应该变卖一切,如果我们一无所有,我们应该……

因为这是可怕的:那一分钟缩水了。前几天我已经觉察到了:那一分钟缩水了。也许它现在只有三十秒了,也许还要少得多,我不敢让自己搞清楚它到底还有多少。不管怎么说,昨天我觉察到它变少了。每当看到火车出现在拐弯处——喷着烟的黑色火车在城市巨大的地平线前面——我都会觉得很幸福。她来了,我想,她成功地冲破了封锁,她来了!这段时间我一直都在想这些,直到火车停下,人们慢慢下车——月台逐渐空了……还有……什么都没有……

不,那个时候其实我已经不想了。我必须首先尝试着对自己诚实。当第一拨人下车而里面没有她的时候,我就已经不再想这个了,这个想法消失了。这种幸福,它不是提前结束,而是推迟开始。是这样的。人必须诚实和冷静。它推迟开始,是这样的。否则的话,它在刚能看见火车——喷着烟的火车在城市巨大的地平线前面——就开始了;昨天是当火车停住的时候,它才开始。当火车完全不动,真的停稳了,我才开始期望;当它停住,车门都打开……她没来……

我问自己,是否那一分钟只剩下三十秒了。我不敢完全诚实,我不敢说:它就剩一秒了……还有……还有二十三小时五十九分钟五十九秒是黑色的黑暗……

我不敢;我几乎不敢还去那里;如果连这一秒都不复存在,那会是多么可怕。他们是不是连这个都要从我这里拿走?

这太少了。总得有个限度。即使最可怜的人也需要一定的物质,即使最可怜的人每天也需要一秒钟。他们不能把这一秒钟也从我这里拿走,他们把这弄得太短暂了。

他们的铁石心肠有很多表现形式。我甚至连回去的钱都没有。甚至连买回去的直达单程票的钱都没有;实际上,我必须转车。不过就是差了一格罗申。他们的强硬是残酷的。他们甚至也不再买了。他们甚至不再需要商品。迄今为止,他们都是嚷嚷着要商品的。但是,他们的贪婪已经变得如此可怕,以至于他们现在守着钱,吃的也是钱。我认为他们吃钱。我问自己,为了什么。他们到底想要什么?他们有面包、酒和烟草,他们有钱,他们有一切,他们有胖女人——他们到底还要什么?为什么他们什么都不拿出来?钱、一克面包、烟草、一口烧酒……什么都没有……什么都没有。他们把我逼到绝境。

我必须抗争,我要把他们的前哨杀死,这个戴着同情的面具、拿着指示牌的猪猡,他欺骗了我,因为他给他们打电话!他跟他们是一伙儿的,我现在已经明确知道了!因为昨天我观察他来着!这个猪猡出卖了我,我现在已经明确知道。昨天,我提早了很多去的,提早很多,他不可能知道我在那儿,我缩在窗户下面等着,当然!——他摇了电话,铃声响了,我听见了他的声音!"长官先生,"他说,"长官先生,必须得有所行动了。任由这个小伙子这样下去不行。这最终关乎于一个公务员的安全!长官先生,"他的声音在恳求,这个猪猡竟是如此害怕,"是的,4b月台尽头。"

好,我已经证明了他是有罪的。现在,他们要攻击我了。现在,战斗之火已经点燃了。至少这是一个清楚的局面。我很高兴。我会像狮子一样去战斗。我会把这一整帮人撞倒,把他们摞在一块,扔到13点20分那趟车前面去。

他们不愿给我任何东西。他们让我绝望,他们要把最后一秒从我这里夺走。他们也不再买任何东西。甚至连手表也不买了,迄今为止,他们对手表可是志在必得的。我把书卖了,总共只换来了三磅茶叶,那可是两百本非常好的书啊。我认为它们真的非常好。我以前对文学非常感兴趣。但两百本书换三磅茶叶,这是无耻;床上用品换来了一些面包,妈妈的首饰够用来生活一个月的,如果你在刀刃上生活,你需要的真是太多了。三个月零四天是一段很长的时间,需要的实在太多了。

最后,还剩下爸爸的手表。这块表是很有价值的。没有人能否认这块表的价值;也许它够回程的车费;也许查票员有一副好心肠,能让我用这块表坐车回去,也许,也许我需要买两张回程票;天啊!

现在是十二点半,我必须准备好出发了;并没有太多要做的,实际上根本没有什么要做的;我只需要从床上起来,这就是全部的准备工作了;房间里空空荡荡的,我把所有东西都变卖了。人总得活着吧。房东把床垫子拿走了,抵了一个月的房租。一个公道的女人,一份极为公道的女人,我遇到过的最公道的女人之一。一个好女人。在钢丝垫上可以睡得很好,没有人知道在钢丝垫上睡觉的感觉有多好——如果睡觉的话——我从来不睡,我靠着物质活着,我靠着一秒钟的希望活着,靠着车门打开而没有人来的那一秒。

我必须得振作精神,要战斗了。现在是12点45分,12点50分电车开车,13点15分准时到火车站,13点18分到月台;当拿着指示牌的人从他的小房子里出来,正好能让他跟我说:"今天也没有报告晚点,我的先生!"

这个猪猡确实对我说了:"我的先生。"其他人他都呵斥了,说得很简单,"您,那边那个……从月台边缘走开,您,那边那个!"他对我说,"我的先生!"这就是一个标志:他们在假装,他们在可怕地假装;如果看见他们,人们可能会相信,他们也在挨饿,他们也没有茶叶,没有烟草,没有酒;他们摆出这样一副面孔,以至于人们会想要为他们变卖掉自己最后一件衬衣。

他们在假装,以至于人们可以为此哭上一年。我必须尝试去哭;我相信哭是美好的,它是酒、烟草和面包的替代品,也许也是唯一那一秒消失后——我除了整整二十四个小时的绝望之外一无所有——的替代品。

在电车上我当然不能哭;我必须尽力控制自己,我必须好好振作精神。他们应该什么也不会觉察到的;到了火车站我必须得小心。他们肯定在什么地方藏了人。"这最终关乎一个公务员的安全,4b月台。"我千万得小心;女查票员经常不安地看我;她问了几次:"您买票了吗?"问的时候只看着我;我确实买了票;我可以拿出车票让她看个清楚,她自己把票递给我的,但她居然全都不记得了。"您买票了吗?"她问了三次,每次问都看着我,我脸都红了,我真的有票;她走了,所有人都会认为我没买票;认为我在电车上撒谎了。我可是把我最后的二十芬尼给了出去,我甚至有一张换乘车票……

我必须万分小心;我差一点就像以前一样跑过检票处;到处都可能有他们的人;当我想要跑过检票处的时候,我注意到自己没有月台票,也没有钱。现在13点17分,还有三分钟火车就要到了,我要疯了。"这块表您拿着。"我说。这个男人觉得受了冒犯。"我的天啊,这块表您拿着吧。"他把我向后推了推。尊贵的客人们都呆住了。我真的得进月台,现在已经13点17分30秒了。

"一块表!"我喊道。"一格罗申一块表。一块清白的表,不是偷的,我爸爸的表。"人们觉得我疯了或者是一个罪犯。没有脏鬼想要这块表。也许他们会把警察叫来。我必须去找哥们,他们至少会帮我。他们都在下面站着。现在已经13点18分了,我已经疯了。难道偏偏今天我会错过这班火车吗,她会来的今天?"13点20分到那儿。"

"哥们,"我跟旁边的人说,"给我一格罗申,这块表就归你了,但要快,要快。"我说。

他也呆住了,甚至连这个哥们都呆住了。"哥们,"我说,"我只有一分钟时间了,你明白吗?"

他明白了,当然,他是理解错了,但他至少是错误地理解了,如果是被人错误地理解,至少还是理解了些什么。其他人什么都不明白。

他给了我一马克,他是慷慨的。"哥们,"我说,"我只需要一格罗申,你明白吗?不是马克,你明白吗?"

他又理解错了,但这很好啊,至少是被人错误地理解了;如果我能从这场战役里活着出来,我会拥抱你,哥们。

他又给了我一个格罗申,这就是哥们,他还添了一些,至少错误地理解了。

我成功地在13点19分的时候冲上了月台。无论如何我得保持警惕,我必须万分小心。火车远远地过来了,喷着烟的火车在城市灰色的地平线前面。看见它,我的心沉默了。但我是准时到的,就是这样。不管如何,我都做到了准时。

我离那个拿指示牌的人远远的;他站在人群中间,突然间他发现了我,他大叫起来,他害怕了,他朝藏在他小房子里的同伙招手,招手,他们应该会把我抓住。他们从小房子里冲出来,他们会把我抓住,但我嘲笑他们,我嘲笑他们,因为火车已经进站了,在他们抓到我之前,她靠在我的胸口,她,除了她和一张站台票,她和一张打了孔的站台票,我一无所有。

邱袁炜　译

我的悲哀的面孔

我站在港口看海鸥的时候,我的悲哀的面孔引起在这个区巡逻的一名警察的注意。我出神地看着群鸥时而直上云天,时而迅猛下落,徒然地寻觅食物。海港一派荒凉,浅绿色的海水布满厚厚的污油,硬结的表层上漂浮着人们扔掉的各式各样的破旧东西;一条船也看不见,起重机锈坏了,库房坍塌了,甚至耗子似乎也不在码头上黑黝黝的残垣颓壁中栖身,四外一片沉寂。与外界断绝联系已经多年了。

我注视着鸥群中的一只,观察它的翱翔。它像预感到风暴将临的一只燕子,大部分时光惊恐地贴近水面飞翔,有时为了和它的伙伴结队同飞,才敢尖叫着冲上天去。如果我可以说出自己的愿望的话,那么,此刻我最向往的,莫过于一块面包,把它掰成碎块,来喂海鸥,为它们往返无定的翱翔确立一个白点,给它们指定一个争飞竞逐的目标;投掷一块面包,令茫然盘旋、尖声鸣叫的这群飞禽奋力趋赴,像牵动手中握住的无数绳子似的牵动它们。可是,我也同它们一样饥饿,一样疲乏。不过,我心中虽然悲楚,却仍感到快乐,因为站在那儿,两手插在口袋里,放眼群鸥,默默饮悲,确乎美不可言。

突然,一只警官的手搭在我的肩上,一个声音说道:"跟我走!"同时,这只手使劲扳我的肩膀。我稳稳站定,甩掉那只手,镇静地说:"你疯了。"

"同志,"一直还看不见的那个人对我说,"你当心点。"

"先生。"我答道。

"这里没有什么先生,"他怒气冲天地喝道,"我们都是同志。"

此时,他跨前一步,站到我身旁,从侧面打量我,我只好收回怡然顾盼的目光,扭头注视着他那虎视眈眈的双眼:他严肃得像一头牛,一头数十年来不知道别的,只知道靠公务吃饭的水牛。

"什么道理……"我要和他理论理论。

"理由很充分,"他说,"你的悲哀的面孔。"

我笑了。

"你别笑!"他当真发火了。方才我还以为,没有未登记的妓女,没有步履踉跄的水手,也没有小偷或逃犯好让他逮捕,他因此感到百无聊赖。可是,此刻我看出这是千真万确:他要逮捕我。

"跟我走……!"

"为什么?"我镇静地问。

一不留神,我的左腕已经被套上一条细铁链。就在这一瞬间,我知道,我又完蛋了。我最后一次举目眺望悠然翱翔的海鸥,仰望美丽的灰蒙蒙的天空,蓦地转身,企图跳入水中,因为我觉得,与其在某个地方的后院给军士们绞死,或者又去蹲监狱,还不如自己淹死在这污水里好些。可是,警察使劲一拉,把我拉近他身边。逃,是逃不脱了。

"为什么?"我又问道。

"有条法令是——要高高兴兴的。"

"我蛮高兴嘛!"我喊叫起来。

"你的悲哀的面孔……"他摇了摇头。

"这条法律可是新的啊!"我说。

"它已经存在三十六个小时了,你必定知道,所有法律都是在宣布之后二十四小时生效的。"

"我真的不知道有这条法律。"

"逃避惩罚是徒劳的。这条法律是前天颁布的,通过所有的扩音器播送。所有的报刊上都发表了。对那些人,"说到这里,他鄙夷地瞟了我一眼,"对那些不能分享报刊和电台的祝福的人,就用传单通知他们,帝国全境一切街道、公路上,统统撒了传单。好吧,我们会弄明白最近这三十六小时你是在什么地方度过的,同志。"

他牵着我走了。此刻,我才感到天气寒冷,我又没有大衣,此时,我才感到委实饥饿难当。肚子里咕噜咕噜直响。此时,我才想起自己一身污垢,没刮胡子,衣衫褴褛,才想起有法律规定,人人都要干干净净,胡子刮得光光的,露出一副高高兴兴、吃得饱饱的模样。我被推到他前面走着,像一个被证实了盗窃罪而被抓走的稻草人似的。不得不离开田间地头做梦的处所。街道空荡荡的,到警察局路不远,我已料到他们很快又会找理由逮捕我。话虽如此,但仍然心情沉重,因为他押着我走过的,是我原想看了海港之后前去一游的地方,我青年时代度过的地方:那一座座花园,早先灌木丛生,荒草覆径,自有一种荒芜的美,如今都成了整齐、干净、四四方方的平地,好让爱国团体每逢星期一、星期三和星期六在这里列队行进。唯有天空依然如旧,空气依然像我心头充满梦想的时日的空气。

我一路走,一路看到,这里那里,好些爱情的兵营①已为星期三有幸轮到享受卫生的幸福的人们挂出国徽,有些小酒馆似乎也被授予全权,挂出饮酒的标记——一只白铁冲压成的啤酒杯,照帝国国旗的颜色涂成浅褐色—深褐色—浅褐色三色斜带。那些上了国家批准的名单,得以参加星期三的宴饮和喝星期三啤酒的人,必定心里早已乐滋滋的了。

凡是我们碰到的人,无不贴上热心肯干这个不可错认的标记,薄薄一层勤勉的气氛包围着他们,一见警察,这种气氛便愈见浓厚;人人加快脚步,摆出一副兢兢业业、奉公守法的面孔,从储藏室跑出来的女人们,努力使面部呈现出要求于她们的那种欢乐表情,因为有命令要显示欢乐,要每天用丰盛的晚餐使国家的工人消除疲劳的家庭主妇,对她们所承担的义务流露出爽朗愉快的心境。

不过,所有这些人全都机灵地避开我们,所以没有人慌慌忙忙非在我们眼皮底下横穿过去不可。街上的行人,在距离我们二十步之外,就都潜踪匿迹了,人人想方设法,赶忙躲到储藏室,或者拐进街角,有的甚至走进素不相识的人家畏

---

① 即妓院。

惧地守在门后,一直到我们的脚步声远去才敢出来。

只有一次,我们刚要过一个十字路口,迎面遇到一个年长的男人,我依稀认出他别着的是教员的徽章;他已来不及回避,便首先遵照规定,向警察致敬(用手掌拍三下自己的脑袋,以示绝对恭顺),然后尽力履行要他履行的义务,往我脸上连吐三口唾沫,喝骂我一声"卖国猪猡",这是非骂不可的。他瞄得很准,可那天白天天气炎热,他必定已是喉干舌燥,因为只有几点内容相当贫乏的唾沫星子溅到我脸上,我不觉要——这可是违章犯禁的举动——用袖子去揩拭;刚刚一擦,警察就照我屁股踢了一脚,又在我脊椎骨正中打了一拳,用平静的语调补上一句:"一级。"那意思大约是,每个警察均可施予的第一种最温和的惩戒方式。

教员急匆匆离我们而去。除他之外,所有人全都避开了;再就只有一个女人,在晚间的欢乐开始之前,按照规定,正在爱情的兵营左近放风,这个脸色苍白、浮肿的金发女人,轻浮地挥一挥手,掷给我一个飞吻,我微微一笑,表示感激。警察装出什么也没有看见的样子。他们奉命允许这班女人有些自由,同样的事情,如果出在别人身上,就必不可免地会带来严厉的惩处;这是因为她们对提高普遍的工作热情做出了十分重大的贡献,故而被视为不受法律制约的人。关于这种承诺的影响,帝国哲学家,拥有三个博士头衔的布莱哥特曾在官办的(国家)哲学杂志上著文,称之为方兴未艾的自由化之标志。在此前一天,我在前往首都途中,在一家农户的厕所里发现几页这本杂志,拜读了这番崇论宏议,上面还有一个大学生——很可能是这个农民家的儿子——写下的机智诙谐的评注。

幸而我们已到警局,因为此时汽笛长鸣,意味着数以千计脸上微露幸福表情(这是因为人们奉命下班时不许显得过于高兴,据说那会证实劳动是负担的说法;与此相反,劳动开始时要有欢呼声,欢呼而且歌唱)的人群,将如潮水一般涌上街头,这数千人众都会遵命朝我吐唾沫的。鸣笛表示离下班还有十分钟,这是肯定无疑的,因为按照当时国家元首提出的"幸福与肥皂"的口号,每个人都必须洗澡十分钟。

该区警局是一所普通的混凝土整体建筑,门口有两名岗哨守卫,他们在我进门的时候,按照惯例对我采取"肉体措施":用随身佩带的武器猛击我的太阳穴,用手枪枪筒敲我的锁骨,其根据是第一号国家法令的序言:"警察对一切被擒获者(他们的意思是指被捕者)均需证明自身乃有职权者,但擒获该人之警察不在此例,因为后者将有幸在审讯时采用必要的肉体措施。"第一号国家法令的正文有如下一段文字:"凡属违法者,警察均可以、并且必须给予惩罚。一切同志均无惩罚之自由,但有自由惩罚之可能性。"

我们穿过一条有许多大窗户的空空荡荡的过道;接着,一扇门自动打开,因为在此期间,门卫已向里头通报我们来了。在那些日子里,到处都喜气洋洋,太平盛世,秩序井然,人人努力在白天洗完规定的一磅肥皂,因而一个被擒获者(被捕者)的到来本身,便已是一件大事。

我们走进一间房间,里面几乎空空如也,只有一张写字台,一部电话机,两张沙发椅。我得站到房间正中。警察摘下钢盔,坐了下来。

起初静悄悄的,没有发生任何事情,他们总是这么干;这是最糟糕不过的了;我感到,我的脸越发消瘦了,我又累又饿,那种悲哀的幸福感的最后痕迹此时也已经烟消云散,因为我知道,我完蛋了。

数秒钟之后,一个面色苍白,穿一身预审员的浅褐色制服的高个子,一声不吭地走了进来,又一声不吭地坐了下来,两眼紧盯着我。

"职业?"

"普通同志。"我答道。

"出生?"

"〇一年一月一日。"我答道。

"被捕前干什么?"

"囚犯。"

两个人互相看了一眼。

"什么时候?从哪里放出来的?"

"昨天,十二号监狱,十三号牢房。"

"释放到哪里去?"

"到首都。"

"证件。"

我从口袋里掏出释放证递给他。他把证件和他记录我的供词的绿纸片钉在一起。

"当时的罪行?"

183

"高兴的面孔。"

两人互相看了一眼。

"讲明白!"预审员说。

"当时,"我说,"我的高兴的面孔引起一位警察的注意,那天命令全国要悲哀。是首长去世的日子。"

"刑期多久?"

"五年。"

"表现?"

"不好。"

"原因?"

"服劳役太少。"

"完了。"

预审员站起身子,向我走来,一拳正好打掉我三颗门牙:这是留在我身上的惯犯标记,是我始料不及的一种严厉处置。接着,预审员走出房间,一个身穿深褐色制服的胖子走进来:审讯员。

他们人人都打我:审讯员,首席审讯官,主审官初审法官,终审法官。此外,警察还依法对我施行了全部肉体措施;由于我的悲哀的面孔,他们判我十年徒刑。这回的情形,同先前由于我的高兴的面孔判我五年徒刑如出一辙。

如果在"幸福与肥皂"的口号下,我能熬过此后的十年,我真得想办法什么面孔也别再要了……

潘子立 译

献给玛利亚的蜡烛

我只是短暂地在这座城市停留一下;傍晚时分,我要去拜访一家企业的代理商,这家企业有计划要接手我们手里的一宗货物,它们的销售让我们很是伤脑筋:蜡烛。我们认为电力短缺可能是一种常态,因此把所有的钱都投入到一大宗蜡烛的生产中去;我们非常勤奋、节俭和诚实,当我说到"我们",我是指我的妻子和我。我们是生产商、销售商、零售商,每一个被保佑的贸易环节都集于我们一身:我们是代理人、工人、推销员和工厂主。

但是,我们失算了。如今,对蜡烛的需求已经非常小了。持续供电能力已经提升了,绝大多数的地下室现在都已经用电照明了,与此同时,我们的勤奋、我们的努力、我们所有的困难看起来都达到了目标:生产一大宗蜡烛,这个时候,需求已经没有了。

我们试着与那些宗教商店建立联系,他们专门买卖那些所谓的宗教物品,这些尝试被证明是徒劳的。那些商店已经囤积了足够的蜡烛,不仅如此,那些蜡烛的质量还比我们的好:有的配有绿色、红色、蓝色和黄色的箍圈,圈上绣了金色的小星星,它们——就跟蛇牌商标里的蛇绕着棍子一样——

向上环绕,看着既虔诚又好看;它们还有不同长短和粗细,而我们生产的蜡烛只有一种简单的款式;我们的蜡烛只有前臂的一半长短,非常光滑,黄色的,不带任何装饰,简单就是它们特有的美。

我们必须承认自己失算了;同宗教商店里那些光彩夺目的商品比起来,我们的蜡烛的确是太寒酸了,没有人愿意买寒酸的东西。我们愿意降价出售,但这也没有给我们的销售带来任何增长。同时,我们也没钱去设计或者生产新的款式,因为从已经生产的货物可怜的销售里所挣的钱还不够支付我们的吃穿住用和不断增长的额外费用;因为我现在必须继续出差,去拜访实际或者看上去对我们商品感兴趣的人,我们必须继续把价格往下调,我们知道,除了把剩下的一大批蜡烛贱价卖出去并通过其他方式挣钱之外,我们别无出路。

我在这个城市的时候,有一个大代理商给我写信,信里提到,他有可能会以一种可以接受的价格销售一大宗货物。我蠢得可以,相信了他,准备继续出差去拜访他。他的住所富丽堂皇,奢华大气,陈设典雅,在他迎接我的办公室里,摆满了各式货样,这些货品能给他的行业带来收益。长长的架子上摆了石膏做的玛丽娅·特蕾莎和约瑟夫塑像、玛利亚、耶稣流血的心、眼神温柔的金发女赎罪者——它们的石膏底座上可以看到不同语言里不同的字母拼写,字母或金色或红色,看上去很庄严: Madeleine, Maddalena, Magdalena; 蜡或者石膏做的整个或者独立分开的马槽、公牛、驴和婴儿耶稣,各个年龄段的牧人和天使:婴儿、少年、儿童、白发老人,写着金色或者银色赞美诗的蜡制棕榈叶,钢制、蜡制、铜制和陶土制的圣水盆:富有情调的,毫无品味的。

他本人是一个面色红润、平易近人的小伙子,他请我坐下,先假装有兴趣,还给我递了一根雪茄。我必须首先得向他报告为什么我们要投身于这个生产部门,我告诉他说,除了一大仓库的硬脂酸,战争什么都没给我们留下,这些硬脂酸还是我妻子在我们被毁了房子门前停着的四辆着火的运货马车上抢救出来的,这些硬脂酸后来也没有人来认领,说完这些,我的雪茄抽了差不多四分之一。他忽然直接说道:"我让您过来,这真是对不住了,但我对这事有别的考虑。"我的脸忽然变得煞白,这可能让他觉得挺奇怪的。"是的,"他接着说,"坦率地说,真的对不起,但我考虑了所有的可能性,我认为您那批货没有什么销路。没有人会买!请您相信我!对不起!"他笑了,耸了耸肩,向我伸出了手。我没把雪茄掐灭就走了。

那时候天色已经暗了,这个城市对我来说是完全陌生的。尽管我忽然之间像如释重负一般,但我依然有糟糕的感觉:不仅是穷困、被骗、错误想法的牺牲品,而且还很可笑。显然,我是不适应所谓的生存竞争,我不适合做企业主和商人。即便是很低廉的价格,我们的蜡烛也卖不出去,它们太差了,没法跟那些宗教商品竞争,当别的更差的蜡烛被买走,也许我们的蜡烛甚至连赠送都没有人要。我可能永远都没法发现商业的秘密了,即便我和妻子曾经一起找到了蜡烛生产的秘密。

我疲惫地拖着沉重的样品箱走到有轨电车站,等了很久。夜色柔和而清朗,正值夏天。街灯在路口闪耀,人们信步走过夜晚,四周很安静;我站在一个很大的圆形广场边——黑色的空荡荡的办公楼旁边——我的身后是一座小花园;我听见有水的声音,我转过身去,看见那儿站着一个高大的大理石女人,两股涓涓细流从她僵硬的胸脯流进一个铜盆里;感觉有些凉,我觉得累了。电车终于来了;温柔的音乐从灯火通明的咖啡馆里流出,但火车站地处城市里一个空旷安静的角落。那儿的大黑板上仅仅显示了一趟火车的发车信息,这趟车勉强可以坐回家,如果真要坐,还得在候车大厅里待上一整晚,尝一尝这个地处没有旅馆的地方的火车站里又脏又令人反胃的肉汤。我转身走回了站前广场,借着煤气路灯的光数了数自己身上的钱:九马克,回程票和几个格罗申。那儿停了几辆汽车,它们看上去一直在那儿等着,还有一些小树,它们被修剪得跟新兵蛋子一样。老实的小树,我想,不错的小树,听话的小树。一些黑着灯的房子上挂着白色的医师招牌,越过一座咖啡馆的橱窗,我看见一堆空空的软垫椅子,一位小提琴手正用狂野的动作发出如泣如诉的琴声,然而声如磐石,很难感动人。终于,我在一座黑色教堂东边的演唱区发现了一块绿底招牌:住宿。我走了进去。

我听见身后的有轨电车开回灯火明亮、喧闹繁华的城区去了。走廊是空的,我往右拐进了一间小屋子,里面有四张桌子和十二把椅子;铁皮箱装着啤酒瓶和汽水瓶,被放在柜台上。一切看上去很干净,很朴实。绿色的粗麻布用玫瑰形的铜钉子钉在墙上,被一块狭长、棕色的木条分成两半。椅子也是用一种柔软的、天鹅绒一般的绿色材料包裹起来的。窗户前面拉着淡黄色的窗帘,吧台后头有一扇带门的窗户跟厨房通着。我把箱子放下,拉过来一把椅子坐下。我很累。

这里很安静,甚至比火车站还安静,那座火车站远离商业区,有一个散发着霉味、黑乎乎的候车大厅,大厅里充斥着一种看不见的勤不知倦的声响:锁住的窗口后头的勤不知倦,木制障碍物后头的勤不知倦。

我也饿了,这趟出差的一无所获让我感觉非常压抑。我很高兴还能在这样一个温柔朴实的空间里独处一会儿。我很想抽烟,但找不到烟,开始懊悔把雪茄留在那个宗教商人那里了。虽然我有理由为这趟毫无意义的出差感到沮丧,但我心中如释重负的感觉越来越强烈,我不知道该把这种如释重负叫作什么,也不知道该如何去解释这种感觉,但也许我就是暗地里欢喜:现在最终是被挤出虔诚货品行业了。

战争以后,我并非无所事事,我清理过废墟,运过瓦砾,清洗过石头,砌过墙,运过沙子,挖过石灰,提过申请,一直在提申请,翻阅过书本,小心翼翼地管理这一堆硬脂酸;我不依靠那些可以给我提供经验的人,而是独立找到了蜡烛的生产方式,生产出了漂亮、简单、质量好的蜡烛,柔和的黄色给蜡烛以蜂蜡般圆润的高贵。我做了一切,只为给生存找到理由,就像人们说的漂亮话:做些能挣钱的事,即便我该觉得悲伤——我的内心虽觉得我的努力百无一用,却又带着一些愉悦,虽然我还不知道这种愉悦是什么。

我不是吝啬狭隘之人,我给那些曾经在无光的坑洞里坐着的人送过蜡烛,我避免了每一个发横财的机会;我节衣缩食,把自己的激情投入到这个行业,虽然我应该期待我的公道正派能有所回报。但是,就算明显是没有得到相应的回报,我也觉得开心。

我又想到,也许生产鞋油——就像我们一个熟人建议过的那样——会更好:把其他配料跟原料混合起来,把配方组合起来,把纸盒子买来,把鞋油装进去。

正当我胡思乱想的时候,老板娘走了进来,她是一个苗条的老妇人,穿着绿色的衣服——就跟柜台上啤酒瓶和汽水瓶一样的绿色。她友好地说:"晚上好。"我也跟她打了招呼,她问道,"您需要什么?"

"一个房间,如果您这还有空房的话。"

"当然,"她说,"什么价位的?"

"最便宜的。"

"三块五。"

"太好了,"我开心地说,"也许还有吃的?"

"当然。"

"面包,来一点奶酪和黄油,还有……"我扫了一眼柜台上的瓶子,"也许来点酒。"

"当然,"她说,"一瓶?"

"不,不!一杯,一共多少钱?"

她走到柜台后面,把钩子推回去,把窗子打开,接着停了下来。"就这些?"她问。

"就这些。"

她从桌子下面拿出便条本和铅笔,当她慢慢地在纸上写着算着,一切又安静下来。她在那儿站着,她整个形象,虽然有些冷漠,但是依然散发出一种让人平静的善良气质。除此之外,她让我倍觉同情,因为她看上去算错了好几次。她缓慢地把单项金额写上,皱着眉头把它们加起来,摇了摇头,又全都划掉,接着重新一遍,重新加一遍,这次没有皱眉,用灰色的铅笔在底下写上结果。接着,她小声地说:"六块二——不对,六块,请原谅。"

我笑了。"好的。您这儿有雪茄吗?"

"当然。"她又把手伸到柜台下面,拿出一盒递给我。我拿了两根,向她道了谢。这个女人嘟囔着把订单拿给厨房,接着就离开了这个房间。

她刚走,门就被推开了,是一个年轻瘦削的小伙子,没有刮胡子,穿着一件雨衣;他身后是一个穿着浅棕色外套的姑娘,没戴帽子。他们俩轻轻地、甚至带着点害羞地走了过来,轻声地说了句"晚上好",之后就向柜台走去。这个小伙子背着姑娘已经用旧了的皮制购物袋,尽管他显而易见地努力要展示出一个日常带女孩在宾馆过夜的男人的态度、勇气和举止,但我看见他的下嘴唇在颤抖,他的胡茬儿上还挂着一些细小的汗珠。两个人站在那儿,就像是在一家商店里等着。她没戴帽子,唯一的行李就是那个购物袋,这让他们看上去就像是一对逃跑的人,刚刚抵达了某一个中转站。这个年轻的姑娘很漂亮,皮肤温暖紧实,微微透着红色,浓密的棕色头发披散在肩上,纤细的双脚看上去似乎支撑不住身体的重量;她脚上穿着黑色的鞋子,鞋子上满是尘土,她紧张地动来动去,不停地换着支撑脚;小伙子的几绺头发经常掉下来,他会马上把它们捋回去,他圆圆的小嘴显示出一种痛苦同时又幸福的坚毅。显然,这两个人在刻意避免视线的接触,两人之间也不说话,而我很开心,因为我在事无巨细地摆弄我的雪茄,把它切开,点上,怀疑地看看尾部,再点上,就可以抽了。我能感觉到,等待的每一秒钟都是一种痛苦,因为即便是这个姑娘,不管她看上去有多冷静、表现得有多幸福,她现在也在更频繁地换着支撑脚,拉扯着大衣,那个年轻的男人也更频繁地捋着脑门,虽然并没有头发可捋。那个女人终于又出现了,她轻轻地说:"晚上好。"并把瓶子放在柜台上。

我马上跳了起来,对老板娘说:"让我来吧?"她惊讶地看着我,把杯子放了过去,又把开瓶器给我,问那个年轻男人:"您需要什么?"我把雪茄叼在嘴里,把开瓶器往木塞里钻。这时,我听见那个年轻男人问:"我们能要两个房间吗?"

"两个?"老板娘问道,同时,我已经把软木塞拔出来了,我从侧面看过去,那个女孩的脸突然红了,男人比刚才更用力地咬着下唇,几乎不张嘴地说道:"是的,两个。"

"哦,谢谢。"老板娘对我说,她把酒倒上,给我递了过来。我走回自己的桌子,开始小口地喝起这款柔和的葡萄酒,我只希望不可能避免的仪式不要因为我餐食的出现而再次被推迟。但是,登记、填表、出示淡蓝色的证件,一切都比我想象得要快;当那个年轻男人打开皮袋子拿证件的时候,我看到里面有沾着油的蛋糕袋,有一顶揉作一团的帽子,有烟盒,有一顶巴斯克帽,和一个用旧了的淡红色小钱包。

那个姑娘一直在试图保持冷静;她冷漠地观察着汽水瓶子、绿色的粗麻布和玫瑰形的钉子,但她的脸一直红红的。一切手续办妥后,两个人拿着钥匙匆匆地上了楼,连个招呼也没打。很快,我的餐食从窗口递了过来;老板娘给我端来盘子,当我们互相对视的时候,她并没有如我所期待的那样笑一笑,而是严肃地移开眼神,说了句:"祝您好胃口。"

"谢谢。"我说。她站着没动。

我开始慢慢地吃起来,面包、黄油和奶酪。她还一直在我旁边站着。我说:"您笑一笑。"

她真的笑了,接着叹了口气,说道:"我对此什么也改变不了。"

"您想去改变吗?"

"哦,是的。"她说得很用力,在我旁边的椅子上坐下,"我想去改变。我想去改变一些东西。当他说要两个房间,他应该要一个……"她停住了。

"怎么去改变?"我问

"怎么去改变?"她愤怒地重复了一遍,"我应该把他赶出去的。"

"为了什么呢?"我疲倦地说,把最后一口吃进了嘴里。她沉默了。为了什么,我想,为了什么?世界难道不是属于相爱的人的吗?这些夜晚难道不够温柔吗,其他的门难道没有开着吗?也许要脏一些,但这些门不是可以在身后锁上吗?我看着空酒杯,笑了……

老板娘站起来,把它那本厚厚的簿子取来,里面是一大堆登记表格,又坐回到我身边。

当我填表的时候,她观察着我。在填写"职业"这一栏时,我停顿了一下,抬起头看着她的盈盈笑脸。"您为什么犹豫,"她平静地问,"您是没有职业吗?"

"我不知道。"

"您不知道?"

"我不知道自己到底是工人、销售员、工厂主、失业者,还是代理商……但是,是谁的代理商呢……"接着,我快速地把"代理商"写了上去,把簿子还给了她。有那么一个瞬间,我想过要用蜡烛跟她进行交换,如果她愿意的话,用二十根蜡烛换一杯酒,或者十根蜡烛换一根雪茄,我不知道我为什么我没有这样做,也许我只是太累了或者太懒了,但第二天一早我很开心自己没有这样做。这个女人把簿子合上,把纸条在里面夹好,打了个哈欠。

"明天早上您要喝咖啡吗?"她问。

"不用了,谢谢,我明天很早就得去火车站。晚安。"

"晚安。"她说。

但是,第二天早上我睡了很长时间。我傍晚时候匆匆看过一眼的走廊——铺着暗红色的地毯——整晚都很安静。房间里也很静。不习惯的葡萄酒让我很疲惫,同时也很开心。窗户开着,夏日静谧深蓝的天空下,我看到对面教堂深色的屋顶;右边我看见城市灯火璀璨的反光,听到闹市区传来的噪音。我抽着雪茄躺在床上,想看一看报纸,但马上就睡了过去。

当我醒来的时候,已经过八点了。我要坐的那趟火车已经开走了,我有点后悔没有让人叫醒我。我洗了把脸,还决定刮一刮胡子,接着就下楼了。小小的绿色房间现在明亮又友好,阳光透过薄薄的窗帘照了进来,我很惊讶地看到已经有人用过早餐了,桌上还留着面包屑、空的小果酱盘和咖啡壶。我有一种感觉:我就是这个安静房子里唯一的客人。我跟一个友善的女孩结了账就走了。

到了外面,我一开始有些犹豫不决。教堂凉爽的阴影包围着我。小巷窄窄的,很干净;旅店大门右边,面包师已经打开了他的店门,大大小小的面包在展示柜里发出亮棕色和黄色的光芒,有一扇门前放着一些牛奶罐,地上有一条浅蓝色的牛奶滴落的痕迹,通往大门。街对面是一堵用方石垒成的高大的黑色围墙;穿过一扇半圆形的大门,我看见了绿色的草地,我走了进去。我站在一间修道院的花园里。一座老旧的平顶建筑,它那石头做的窗户外框被粉刷成让人感到亲切的白色,坐落在一块草地中间;垂柳的影子底下有几口石棺。一位僧侣缓慢地从铺砖小路上往教堂走去。当他从我身边走过的时候,向我点头致意,我也点头回礼,当他走进教堂,我不知道为什么也跟着他走了进去。

教堂是空的。它很古旧和淳朴,当我习惯性地把手放进圣水盆里面,并在圣坛前跪下时,我看见那些蜡烛都快要熄灭了,它们的火焰上方已经拉起一条细细的黑色烟线;一个人也看不见,看样子早上也不会再举行弥撒仪式了。我的眼睛不自觉地跟着那个黑色的身影,它匆忙又笨拙地在神龛前跪下,接着又消失在一个厢堂里。我走近了一些,惊讶地停住了脚步:那儿是一个告解室,昨天傍晚的那个年轻姑娘正跪在它前面的一张长椅上,双手捂着脸,告解室的边上站着的正是那个年轻男人,他看上去一副事不关己的样子,一手拿着皮制购物袋,另一只手随意地垂着,看着圣坛……

在一片安静之中,我听见自己的心跳加速,跳得越来越厉害,少见的激动,我也感觉得到,那个年轻男人也在看着我,我们对视了一眼,他认出了我,他的脸红了。那个年轻姑娘依然捂着脸跪在那里,蜡烛上方还拉着一条细细的、很难看出来的黑烟线。我坐到一张长椅上面,把帽子放在旁边,把箱子放下。似乎我才刚刚醒悟过来:一直以来,我几乎只用眼睛来看万物,对于万物,我是漠不关心的——教堂、花园、街道、女孩和男人——一切对我来说不过是背景,我事不关己地一扫而过罢了,但当我现在看向圣坛时,我希望那个年轻男人也愿意去忏悔。我问我自己,上一次去忏悔是什么时候的事情了,我发现自己已经记不清具体的年份了,只能粗略地估算一下大概是七年之前。当我继续往下思考,我确定了一些更糟糕的事情:我找不到任何罪过。无论我现在多努力地试着诚实,我都找不到罪过,找不到值得去忏悔的罪过,我感觉非常悲伤。我感觉自己是脏的,充满了需要被冲洗掉的东西,但不管如何粗糙地、沉重地、尖锐地或是明确地描述罪过,对罪过我都无处可寻。我的心跳得更厉害了。前一天的傍晚,我并不嫉妒这对年轻人,但现在我感觉自己对那个跪着的身影心存嫉妒,她还捂着脸在等待。那个年轻男人一动不动、漠不关心地站在那里。

我像一桶长时间暴露在空气中的水;它看上去是干净的,如果只匆匆看一眼,在里面什么东西都发现不了:没有人往里扔石头、脏东西和垃圾,它身处一座体面的房子的走廊或者地下室;透过水面望去,干干净净的桶底上什么也没有;一切都很清晰和平静,如果把手伸进水里,会有一种难以置信、令人作呕的脏东西流过你的手,它无影无形、甚至没有大小。人们只能感觉到它的存在。当把手深入地伸到这个完美无缺的桶里去,能在它的底部不容置疑地找到厚厚的一层这样纤细、让人恶心、无影无形的脏东西,人们并没有找到它的名字;一种由这些不可名状的脏东西细小颗粒所组成的浓厚的、沉重的沉淀物,它们是从正直的空气中提取出来的。

我无法祈祷,我只能听着自己的心在跳,等待着那个姑娘进入告解室。终于,她把双手举起,捂了一下脸,站起来,走进了木头箱子。

那个年轻男人依然一动不动。他漠不关心地站着,仿佛置身事外,没有刮胡子,苍白,依然摆出一副温柔但坚定的坚毅面孔。那个女孩回来后,他突然把包放在地上,走进告解室……

我依然不能祈祷,没有声音对我说话,我的内心也没有人说话,没有任何动静,只有我的心在跳着,我无法克制自己的不耐烦,站了起来,把箱子留在原地,穿过过道,走进了长椅前面的厢堂。在最前面的长椅上,那个年轻女人跪在一座古旧的石制圣母像面前,这座圣母像立在一个朴实的全新圣坛上。圣母的脸庞非常粗糙,但是是微笑着的,鼻子缺了一块,她外衣上的蓝漆已经剥落,上面的金色星星现在看上去就只剩一些亮色的斑块;她的节杖断了,怀里抱的孩子就只能看出后脑勺和双脚的一部分。中间的躯干部分已经脱落,她微笑着抱着这件看似未完成的作品。这座教堂的所有者看来是一个穷困的教会。

"哦,如果我能祈祷该多好!"我祈祷道。我感觉自己坚硬、无用、肮脏、不知悔改,甚至无法展示出自己的罪过,我唯一拥有的就是有力跳动着心脏,以及我意识到自己是肮脏的……

那个年轻男人从我身后走过时,他轻轻地碰了我一下,我猛地一惊,走进了告解室……

当我划着十字被允许离开的时候,那两个人已经离开了教堂。僧侣把告解室紫色的帘子拉到一边,把小门打开,慢慢地从我身边走过;他又一次笨拙地跪倒在圣坛前面。

我等待着,直到我看着他消失不见,接着,我快速穿过过道,弯下膝盖,把箱子拿到厢堂里并打开:它们都在,它们被我妻子温柔的双手一捆捆地捆在一起,纤细、黄色、简单,我看着圣母站着的那块冰冷、朴素的石头基座,第一次为我的箱子不够沉而感到后悔。接着,我拆开了第一捆,点燃了一根火柴……

我用一根蜡烛点燃另一根,再把它们用蜡油固定在冰冷的基座上,基座让柔软的蜡油快速变硬,我把所有的蜡烛都摆上,整张桌子都布满了不安闪动的烛光,我的箱子空了。我把它留在那儿,拿起帽子,在圣坛前又跪了一次,就走了;看起来,我是逃走的……

现在,当我慢慢地走向火车站时,我才把我所有的罪过都想起来,我的心,跳得前所未有的轻快……

邱袁炜　译

译后记

海因里希·伯尔(Heinrich Böll)是德国战后文学的杰出代表,他于1951年获"四七社"文学奖、1967年获得毕希纳文学奖、1972年获诺贝尔文学奖。伯尔是德国"废墟文学"的旗手,被称为"德国的良心"。

伯尔1917年出生于德国科隆,一座"因哥特式大教堂闻名",却同时又是世界上拥有罗马教堂最多的城市。伯尔出生在一个天主教家庭,"在世界大战中饥馑最严重的年头",他作为家中的第八个孩子来到了这个兵荒马乱的世界。学生时代,伯尔是学校里为数不多的拒绝参加希特勒青年团的学生之一,除了自身信仰的原因,也因为"我不喜欢他们的制服,而且我对行军也不感兴趣"。1937年,伯尔中学毕业,来到波恩的莱姆佩茨书店当了一名学徒,并开始尝试文学创作。1939年夏天,伯尔进入科隆大学学习日耳曼文学,可惜数月之后他便被征召入伍,不得不中断了学业。伯尔参军上了战场,辗转法国、罗马尼亚、匈牙利等地,亲身经残酷的战争。1945年战争结束,伯尔由战俘营回到家乡科隆,在从事了几份短暂的工作以后,最终成为一名自由作家。

伯尔的文学之路是从短篇小说开始的,他试图通过这种文体来为战后的德国社会寻找一种"赖以生存的语言",在他看来,当时政界的语言空洞无物,教会无能为力,文学肩负着重建生活的责任。

伯尔认为文学作品不能仅仅成为一个内行间的游戏,文学应该面向所有人,对此他曾经有过一个精彩的说法:"教堂落成,举行庆典,不是通过这一典礼将教堂关闭,而是将其开放,对所有人开放。"他曾要求家里的孩子和保姆阅读福克纳和卡夫卡,因为在他看来,这些作品并非为内行人而写,"'难以理解'是相对的,格林的童话也很难理解。"在谈到他的文学创作观时,伯尔将其称之为"人道美学(Ästhetik des Humanen)":道德和美学是完全一致的、密不可分的,"文学是人道的最低纲领"。简而言之,道德与审美应当是一致的。

基于以上两点,我们就容易理解为何伯尔会成为"废墟文学"的代表人物。在《"废墟文学"自白》一文中,伯尔坦率而详尽地解释了何为"废墟文学",以及为何要写"废墟文学":当你从战争中返回,置身于废墟之中,而你内心又无法说服自己蒙住双眼假装身处田园牧歌之中,那么你能写的不可能是除了废墟文学之外的东西。

这本《流浪人,你若到斯巴……》(1950)是他发表的第一部短篇小说集,收录了伯尔1947年至1950年期间创作的二十五篇短篇小说,主要内容如伯尔所说的那样,"写战争,写回乡,写自己在战争中的见闻,写回乡时的发现:废墟。于是出现了与这种年青文学如影随形的三个口号:战争文学、回乡文学、废墟文学。"

在这些作品中,初出茅庐的伯尔显示了非常宝贵的叙述能力和对短篇小说这种文体的掌控能力。与其说这得益于伯尔的文学天赋,不如说这是来自真实的体验。正如赫尔曼·科思腾(Hermann Kesten)所言,伯尔"描绘了联邦德国中与他同时代的人。[……]他说着他们的语言,他作品中的人物就像在为他写他们自己的故事。"

《消息》(*Die Botschaft*)是伯尔最早创作的作品之一,完成于1947年,最早发表在《旋转木马》(*Karussel*)杂志。小说讲述了主人公从战场归来,要给战友的妻子送去战友阵亡的消息,在这项艰难"任务"的背后,伯尔写出了幸存者和未亡人对战死者无尽的悲伤和无力感,主人公后来意识到"战争永远不会结束了,只要还有它带来的伤口在流血,战争就永远结束不了"。这句话像是伯尔这部作品集的创作纲要:每一篇短文都是一个流血的伤口,"都为我们写下一章希特勒时代的历史"。

伯尔认为,善于观察的眼睛是作家必备的工具,作家应当有足够好的眼力。他本人便是如此,他的眼睛犹如一台高速摄像机,仔细地捕捉事物罕为人知的细节,再用一种清晰慢镜头的方式呈现给读者。在他的笔下,战争极其残酷,然而他极少直接描述战争场面,战争只是他作品里暗色的背景,无时无刻地投射着巨大的阴影,战争的残酷性被他用细节不露声色地讲述出来,让人不寒而栗。比如,《在林荫道上重逢》(*Wiedersehen in der Allee*)里有一处看似轻描淡写的闲笔,却着实让人惊出一身冷汗来:主人公用战友的须后水好好地洗了洗手,而所谓的须后水竟是"装在铁皮罐里的咖啡渣"。这是无法在书斋里臆想出来的,这是踏上过真正战场才能知晓的细节。

在翻译本书的过程中,伯尔的叙述让我的内心一直处于焦灼和不安的状态,他冷静、节制、精确的叙述里蕴含着巨大的张力,他笔下的小人物及其被时代裹挟的命运每每让人心生感慨和庆幸。这些伯尔早期的短篇小说作品让我想起战地摄影师罗伯特·卡帕的那句名言:"如果你拍得不够好,是因为你离得不够近。"它们足够好,因为他离得足够近,近到你能够感受到战争狰狞的味道。我把译文中的一些片段读给刚上小学的儿子听,他听完之后沉默了一会儿,问我:"这些事情过去了对吗,不会再有了对吗?"我不知该如何回答,只是忽然明白,这也许就是我们现在再读伯尔的意义所在吧。

感谢人民文学出版社能出版这本沉重的小书。

邱袁炜

2020 年 8 月于北京